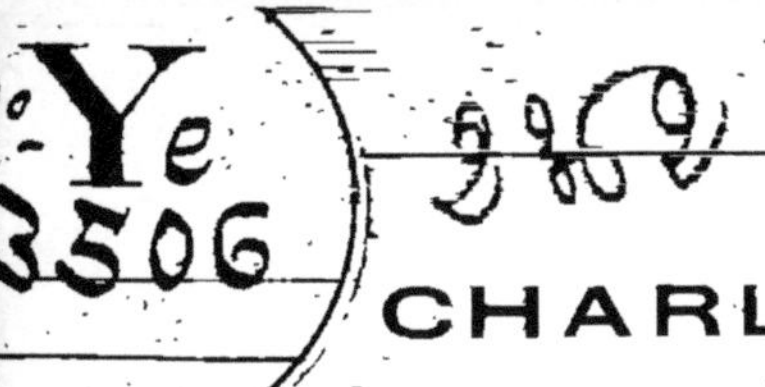


CHARLES ROUVIN



# POÉSIE DE L'ART
ET
# DES LETTRES

*La poésie, telle que je la conçois dans certaine mesure, c'est un accompagnement au travail, une consolation au logis, une récréation aux heures de relâche. C'est une musique de l'esprit qui entretient la douceur et la délicatesse, et qu'on cultive en vue d'elle-même et de soi-meme.*

*(SAINTE-BEUVE.)*

*Par dessus les drapeaux s'étend un seul azur,*
*Un seul éther, un seul espace toujours pur,*
*Et ce ciel bleu qui sans frontière se déploie,*
*C'est l'Idéal, c'est l'Art, chaleur, lumière et joie;*
*L'Art, le pays commun des esprits délivrés,*
*Où l'Amour parle mieux dans les rhytmes sacrés,*
*Où les plus grands sont ceux que la Justice inspire,*
*Où Molière sourit dans la gloire à Shakspeare!*

*(JEAN AICARD.)*

MONTMORENCY
IMPRIMERIE L. GAUBERT
1892

CHARLES ROUVIN

# POÉSIE DE L'ART ET DES LETTRES



*La poésie, telle que je la conçois dans certaine mesure, c'est un accompagnement au travail, une consolation au logis, une récréation aux heures de relâche. C'est une musique de l'esprit qui entretient la douceur et la délicatesse, et qu'on cultive en vue d'elle-même et de soi-même.*
(SAINTE-BEUVE.)

*Par dessus les drapeaux s'étend un seul azur,*
*Un seul éther, un seul espace toujours pur,*
*Et ce ciel bleu qui sans frontière se déploie,*
*C'est l'Idéal, c'est l'Art, chaleur, lumière et joie ;*
*L'Art, le pays commun des esprits délivrés,*
*Où l'Amour parle mieux dans les rhytmes sacrés,*
*Où les plus grands sont ceux que la Justice inspire,*
*Où Molière sourit dans la gloire à Shakspeare !*
(JEAN AICARD.)

MONTMORENCY
IMPRIMERIE L. GAUBERT
—
1892

# POÉSIE DE L'ART

ET

# DES LETTRES

# LA BOITE A COULEURS

## APOLOGUE

Les couleurs desséchaient dans leur boîte d'ébène :
Chacune se plaignait dans son petit étui.
Elles crurent hâter le terme de leur peine
En priant les pinceaux d'assister leur ennui.

« Prisonnières depuis trop longtemps, — dirent-elles, —
« Va-t-on donc nous laisser mourir en ce tombeau,
« Nous avec qui l'on fait des peintures si belles?...
« Ah! messieurs, par pitié, composez un tableau! »

Bien que secrètement flattés de la requête,
Les pinceaux ne savaient comment y déférer.
A leur sourire ils ont plus de poils que de tête ;
Sans l'artiste aucun d'eux ne pourrait dessiner.

Empressés, toutefois, pour obliger les dames,
Ils tentèrent en vain d'arrêter les passants,
Demandant à tracer un tableau, — fleurs ou femmes, —
Et, pour trouver un peintre, ils furent éloquents.

Le talent ne court pas précisément les rues :
Nul peintre à leur appel ne vint se présenter.
Les couleurs enrageaient, et, tristement déçues,
Durent près des pinceaux inertes demeurer.

De ce simple récit la morale est sensible :
Sans l'art et le savoir, point de rayonnement.
L'âme est au fond de tout : c'est le monde invisible
Qui, sans se dévoiler, met l'autre en mouvement.

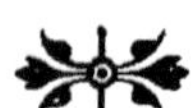

# GALERIE DE TABLEAUX

## LES JUIFS DEVANT LE MUR DE SALOMON

TABLEAU DE BIDA

De la création mystère impénétrable !
Dieu derrière son ciel persiste à se voiler,
Et, superstitieux autant que misérable,
L'homme, cet orphelin, s'obstine à l'appeler !
Comme s'il l'écoutait, son ardente prière
Vers le trône caché s'élève avec candeur,
Tandis que de ces maux qui font gémir la terre
Le pouvoir qu'elle invoque est lui-même l'auteur !...(1)

(1) Ton erreur, grande intelligence
Injuste à force de bonté,
Fut d'absoudre l'Humanité
Aux dépens de la Providence.

C'est l'homme qui, dans sa démence,
A créé la Fatalité,
Cette aveugle divinité
Que seule à présent il encense.

Rebelle à ses premières lois,
Coupable et victime à la fois,
Il en accuse une ombre vaine :

Tel l'enfant menteur et niais
Se décharge de ses méfaits
Sur le chat ou Croquemitaine.

AMÉDÉE ROUVIN.

## LA BACCHANTE

### TABLEAU DE RIESENER

J'attends mon bien-aimé sous le pampre couchée...
C'est l'heure où le soleil disparaît dans les cieux :
La brise, en se jouant, ride l'onde apaisée
Sans troubler d'un beau jour le calme harmonieux.

Chaque flot de la mer, en touchant le rivage,
Imprime sur le sable un humide baiser;
Car le flot caressant est l'amant de la plage,
Mais Neptune, jaloux, le force à s'y briser.

Par la loi de Bacchus, moi, plus favorisée,
Je puis vider en paix la coupe du plaisir :
Pour règle, mon amour n'a que mon seul désir...
J'attends mon bien-aimé sous le pampre couchée.

## LES BAIGNEUSES

### TABLEAU DE DIAZ

Ensemble au bord de l'eau l'on cause sans toilette :
Dans la rivière on vient de prendre un petit bain,
La campagne est déserte, aucun manant ne guette,
Et l'on est affranchi de tout respect humain.

Quand on est entre soi l'on a tant à se dire...
Et trois femmes surtout, vous pensez quel caquet !
On ne se lasse pas du plaisir de médire,
Et chacun de chacune attrape son paquet.

Pour le charmant tableau de ces belles personnes
Dont le déshabillé vaut mieux que les atours,
L'Art une fois de plus mérite des couronnes :
Que verrait-on sans lui ?... Pas de mollets toujours !

## LA BAIGNEUSE DANS LE PARC

TABLEAU ANONYME

Etendue à l'abri d'un orme centenaire,
Qui laisse à découvert sa blonde nudité,
Elle semble guetter dans le parc solitaire
L'approche de l'Amour et de la volupté.

Le renom de *Léda* te rendrait-il jalouse,
O beauté toute prête aux amoureux combats ?
Je vois dans le bassin de ta verte pelouse
Des cygnes dont tu veux partager les ébats.

Mais le vainqueur qui va te rencontrer sous l'orme
N'est, sans déguisement, qu'un mortel jeune et beau ;
Car pour toi *Jupiter* n'eût pas changé de forme ;
Et tu l'aimerais mieux en homme qu'en oiseau !

## LA BAIGNEUSE ENDORMIE

### D'EUGÈNE DELACROIX

Sous l'ombrage des ifs mêlés de laurier rose
Et près de la fontaine où son pied trempe encor,
Vers le soir, demi-nue, une femme repose,
Laissant flotter à l'air sa chevelure d'or.

N'est-ce que le sommeil, si doux sous la feuillée,
Qui lui fait oublier ainsi la fin du jour ?
Le calme et la fraîcheur dont elle est entourée
Ne l'ont-ils pas plongée en des rêves d'amour ?

Dors en paix, dors toujours, caresse ton beau songe :
Goûte, en rêve du moins, le bonheur infini ;
Car de la vérité le temps fait un mensonge,
Et l'éveil vient trop tôt quand le songe est fini !

## LES BUVEURS

### DE TENIERS

C'est donc vous, petits vieux, pacifiques bonshommes,
Que le grand Roi-Soleil appelait des *magots?*
On est moins dégoûté dans le siècle où nous sommes,
Car à l'hôtel Drouot vous valez des lingots!

Nous ne recherchons plus les peintures dévotes,
Et les cabarets même ont entrée au salon :
Surtout ceux de *Teniers*, où de vastes culottes
Enveloppent des corps qui n'ont rien d'Apollon.

Mais nul ne viendra plus, du haut d'une perruque,
Crier : Arrière! aux gens parce qu'ils sont mal mis!
Abjurant les erreurs d'une époque caduque,
Les grands et les petits ne sont plus ennemis.

Buvez donc, mes amis : honorez la Commune
(Pas celle de Paris!) en trinquant de bon cœur :
Une chope de bière est toujours opportune;
En remplissant son verre on vide son humeur.

## LA TENTATION DE SAINT ANTOINE

### TABLEAU DE DAVID TENIERS

Ce saint anachorète, en butte aux maléfices,
Ne parvient pas à dire en paix ses oraisons :
Pour le perdre, l'enfer prodigue ses malices
Et lâche autour de lui des hordes de démons.

De vampires affreux une effrayante bande
Au défi de la Croix à ses côtés s'abat :
Ce cortège infernal danse la sarabande
Et voudrait avec lui l'entraîner au sabbat.

La Beauté lui présente un philtre dans un verre,
Moins dangereux que n'est le charme de ses yeux ;
Pour le turlupiner une horrible mégère
Excite des griffons et des monstres hideux.

Le pauvre homme, effaré de ce qui l'environne,
Pour se réconforter cherche son compagnon
Qu'il ne voit plus, hélas ! car le diable en personne
Est allé dans l'étable affoler le cochon.

Mais un souffle du ciel, dissipant ces mensonges,
Préserve l'innocent des prestiges maudits :
Les spectres devant lui passent comme des songes
Et sa foi le conduit tout droit au paradis.

Admirez la bonté du Dieu des catholiques,
Invitant au salut par la tentation :
Si vous ne déjouez ses embûches mystiques,
Vous en êtes puni par la damnation !

# LE CANTIQUE

TABLEAU ANONYME

De ses accords puissants sa cithare hébraïque,
Vibrante sous les doigts, soutient avec ampleur
Dans leur pieux élan les accents du Cantique
Qu'harmonieusement Rachel chante à sa sœur.

Le peintre a su donner à leur intérieur
Un faux air de chapelle et sa teinte mystique :
On comprend que bientôt une sainte ferveur
En prière à deux voix va changer la musique.

Envolez-vous plus haut, colombes de Sion ;
L'Art, qui pour vous s'unit à la Religion,
A de vos cœurs aimants purifié la flamme.

L'esprit, suivant de loin l'essor de votre foi,
Sent mieux que l'Idéal est la plus grande loi
Quand battent devant lui les ailes de votre âme.

## CERFS ET ÉCUREUILS

TABLEAU DE BERRÉ

Sous un ombrage frais paissent les Cerfs agiles,
Loin des cris de la meute et des appels du cor;
Oubliant les chasseurs, ils reposent tranquilles
Parmi des Ecureuils plus légers qu'eux encor.

Mais bientôt, inquiets du bruit qui se rapproche,
Les Cerfs effarouchés partent comme des traits
Que d'une vive main l'habile archer décoche,
Et la chasse au galop passe l'instant d'après.

Puis des ardents limiers la poursuite s'égare;
Le troupeau se rassure, et la Biche aux abois,
S'étendant sur le sol, frémit de la fanfare
Dont l'écho diminue et se perd dans les bois.

Enfin les fugitifs regagnent la clairière
Où, pour les recevoir, les Ecureuils joyeux,
Quittant les hauts sommets, redescendent à terre
Et sur le vert gazon recommencent leurs jeux.

## LES CHARLATANS ITALIENS

TABLEAU DE KAREL DUJARDIN

Qui fait partie de la Galerie du Louvre.

Censeur et moraliste à la façon d'Hogarth,
Quand Karel Dujardin peignit cette parade,
Il fit, inconscient, mieux qu'œuvre de son art :
Il croqua sur le vif le *Pouvoir de l'Estrade.*

O prestige éternel du moindre charlatan,
Du mensonge exploitant la force souveraine !
Arbitres des Etats et marchands d'orviétan,
C'est par le *boniment* qu'on prend l'espèce humaine !

## LA COMÉDIE HUMAINE

### TABLEAU ALLÉGORIQUE DE HAMON

Accourez, générations,
Ouvrez une oreille attentive,
Et des *terribles passions*
Ecoutez l'histoire plaintive.

Voyez ici l'Amour râlant,
Pendu, meurtrier, infidèle !...
— Et que tout le monde en sortant
Aille rendre hommage à sa belle !

# LA CUEILLETTE MATINALE

TABLEAU DE R. JUETTÉ

Est-ce pour honorer les fleurs, Mademoiselle,
Que vous vous habillez ainsi dès le matin,
Ou bien craindriez-vous qu'en passant au jardin,
L'Amour ne trouvât pas votre mise assez belle?

Dans sa tendre couleur la robe de satin
Montre en vous l'élégante à la mode fidèle;
Mais on se dit tout bas : Comment donc fera-t-elle
Pour être mieux parée à l'heure du festin ?

Charmer étant le but de toute fille d'Ève,
Ce désir, naturel à la Beauté, l'achève;
On n'en peut donc blâmer votre cœur ingénu.

Votre jeune visage, empreint d'étourderie,
Annonce que, malgré votre coquetterie,
Le jour de votre hymen n'est pas encore venu.

## LA DANSE DE L'ALMÉE

AQUARELLE DE PASCAL

C'est un usage ancien, conservé chez les Maures,
Que l'Almée en faveur vienne, à la fin du jour,
Danser, psalmodiant quelque refrain d'amour
Aux hôtes rassemblés sous les verts sycomores.

L'auditoire attentif ne la perd pas des yeux
Tandis que, d'une voix plus morne que joyeuse,
Elle dit la chanson traînante et langoureuse
Qui doit accompagner ses pas voluptueux.

Souvent la pauvre artiste est une infortunée
Que la séduction corrompit dans sa fleur :
Le sourire à la lèvre et la mort dans le cœur,
Victime, elle accomplit sa triste destinée !

Si tu n'étais pas gaie, ils s'en retourneraient,
O Zétulbé ! ceux-là qui contemplent tes charmes :
Des pleurs mal déguisés les scandaliseraient,
Il faut donc qu'en riant tu danses sur tes larmes !

# LA DOULEUR

TABLEAU DE CHARLES LE BRUN

Avant que ma santé fut à jamais perdue,
A mon chevet j'avais l'image du Malheur
Et de la Pauvreté. La souffrance est venue,
Et j'ai pour ma patronne adopté la Douleur !

Le peintre, qu'inspirait l'antique allégorie,
Auprès d'elle a placé le trépied flamboyant :
Le Destin, plus cruel, veut que ce soit ma vie
Qui se torde à l'ardeur d'un brasier dévorant.

Douleur, tu peux sur moi laisser tomber les larmes
Qui roulent dans tes yeux et qui font peine à voir :
Torturé par le Mal, je trouve encore des charmes
Dans la communauté de notre désespoir !

Lorsque des pleurs brûlants coulent de tes paupières,
L'infirme qui se tord à tes pieds les reçoit,
Et si, comme on le dit, les malheureux sont *frères*,
Martyr à tes côtés, à ce titre j'ai droit.

## EUPHROSINE AU BAIN

AQUARELLE D'OCT. SAUNIER

Quelque blanche que tu te fasses,
Rouge fille de Lucifer,
Sous le nom de l'une des Grâces
Tu caches l'ardeur de l'enfer.

Ta chevelure incendiaire
Aux sens des hommes met le feu ;
Elle ressemble à la lumière :
Allumer pour elle est un jeu.

Cet éclat qui séduit le monde,
Un bain suffit pour l'animer,
Et tu trouves jusque dans l'onde
Le moyen de tout enflammer.

# LES HIBOUX

ESQUISSE PEINTE PAR CALAME

Mornes oiseaux, posés au faîte de l'abîme
Comme l'urne de deuil qui surmonte un tombeau,
Le vent de la montagne, en rasant l'âpre cîme,
Dépouille les genêts qui vous font un manteau.

Veilleuses de la nuit, vos prunelles funèbres
Lancent à l'horizon leurs jets phosphorescents,
Et le chamois craintif, caché dans les ténèbres,
Contemple avec effroi ces feux intermittents.

On n'entend plus gémir la colombe plaintive ;
L'insecte s'est tapi dans les trous du sapin ;
Le furet maraudeur, dans sa ronde tardive,
Seul, roule sous ses pas les pierres du ravin.

Le pic où vous perchez déchire le nuage,
Dont la frange en lambeaux s'effile dans les cieux :
Ce phare aérien qui trempe dans l'orage
Convient à votre aspect songeur et soucieux.

Régnez à votre tour, tristes amants de l'ombre,
Quand de l'air et du sol le silence est la loi.
Tandis que vous planez sur sa retraite sombre,
Le pâtre, en sommeillant, rêve aussi qu'il est roi !

## MARCHE D'ANIMAUX

TABLEAU DE TROYON

Fuyez, en vous heurtant, devant la main brutale
Dont le fouet redouté lacère vos toisons ;
Fuyez, pauvres moutons, car le chien qui détale
A la voix du berger, s'élance des buissons.

Vos pas tout chancelants en vain se ralentissent ;
En vain vos bêlements expriment vos douleurs :
Ces membres fatigués, que les cailloux meurtrissent,
N'obtiendront pas merci de vos persécuteurs.

Marchez, marchez toujours, victimes innocentes
De qui l'on tond la laine et qu'attend l'abattoir ;
Doux agneaux si craintifs, et vous, brebis dolentes,
Vous allez à la mort en cherchant l'abreuvoir !

Les hommes, moins que vous timides par nature,
Devant leurs dictateurs tremblent comme un troupeau,
Encourageant ainsi l'audace et l'imposture
A s'armer pour régner d'un glaive de bourreau.

# LE MOINE IN-PACE

D'APRÈS JACQUAND

Pour être enseveli dans ce cachot humide,
Qu'a fait le sombre moine, et ne suffit-il pas
Qu'il ait un peu trop haut maudit la vie aride
Du cloître, dont le joug devance le trépas ?

D'une faible clarté la lueur insensible
Pénètre en sa prison et laisse apercevoir
Sur ses traits tourmentés l'expression terrible
Du blasphème, servant d'issue au désespoir !

Comme autant de regrets, les débris d'un rosaire
Ont été par sa main loin de lui dispersés ;
Il a, dans sa fureur, déchiré le bréviaire
Dont il retient encor les feuillets lacérés.

Ce *frater* vigoureux a, sous l'habit qu'il porte,
Un faux air de bandit en froc de capucin.
En entrant au couvent il s'est trompé de porte :
Sa place était au bagne ou sur le grand chemin.

## LA MORT DE L'AMOUR

### TABLEAU DE DIAZ

(Une femme à demi-nue sanglote, au soleil couchant, devant le corps de l'Amour étendu à terre, plutôt repu que mort, et tenant dans sa main un oiseau qu'il a étouffé en jouant).

Pauvre femme ! Tu crois que ton amour expire,
Et ton regret amer accuse le destin ?
Ne te désole pas ; demain tu pourras rire ;
Car l'Amour meurt le soir et renaît le matin.

## LA NYMPHE ET L'AMOUR AU BOIS

TABLEAU DE DIAZ

Viens dans la forêt, ma chère ;
On est mieux que dans les blés.
Je sais un lieu solitaire :
Nous n'y serons pas troublés.

Le chevreuil s'y désaltère,
Et les lapins, enchantés
De me céder la bruyère,
Folâtrent de tous côtés.

Tu riras de leurs courbettes :
Surtout n'aie pas peur des bêtes,
Car elles m'aiment beaucoup.

Couchés sur un lit de mousse,
Dans l'herbe où le muguet pousse
Je te ferai voir le Loup !

# LES OCÉANIDES

## TABLEAU D'HENRI LEHMANN

Représentant ces filles de l'Océan sortant des flots et groupées sur un rocher, dans l'attitude de la désolation à l'aspect de Prométhée qui subit son supplice sur la côte à quelque distance (1).

Bien avant qu'ici-bas l'homme devînt athée,
Et quand les Dieux du ciel étaient le plus méchants,
La Fable entretenait la foi chez les croyants
Et l'on s'intéressait au sort de Prométhée !

C'est le temps où l'Amour était glorifié :
On n'était pourtant pas tendre chez les Atrides ;
Mais ce n'est pas chez nous que les Océanides
Tremperaient les rochers des pleurs de la pitié !

La Poésie est donc une source divine,
Puisqu'à la sympathie ouvrant le cœur mortel,
Intéressant l'esprit même au surnaturel,
Quand tout vient abrutir l'âme, elle la raffine !

(1) Ce tableau et le suivant, acquis par l'Espagne, sont au Musée de Séville.

## LES SIRÈNES APPELANT ULYSSE

### TABLEAU D'HENRI LEHMANN

Faisant pendant au précédent.

Que le prudent Ulysse, époux de Pénélope,
Se garde de nouer un commerce interlope
Avec ces visions charmeresses des mers ;
Car malgré leurs attraits les Sirènes trompeuses
Ne cherchent des amants, séductrices menteuses,
Que pour les entraîner au fond des flots amers !

Mais, grâce aux fictions, grâce aux arts secourables
Qui mettent sous nos yeux des formes délectables,
A la réalité l'esprit n'est pas réduit ;
Si l'on n'avait connu que des femmes réelles,
A l'esthétique grecque aveuglément rebelles,
Plus d'un lettré n'aurait jamais été séduit.

## LA PAUVRETÉ

### ESTAMPE

Le regard de tes yeux si beaux, mouillés de larmes,
Projette sur ma couche une douce lueur,
Vierge de pauvreté, qui dérobes tes charmes
En frémissant de froid, de peine et de pudeur !

Les plis de ton manteau, qui pendent sur ma tête,
Sont un rideau chéri, protecteur, idéal,
D'où tombent dans la nuit des rêves de poète,
Pour consoler l'esprit des outrages du mal.

Comme un enfant pieux adresse sa prière
A l'image du saint fixée à son chevet,
Mes souhaits fraternels, encens d'un cœur austère,
Pour toi, symbole humain, s'élèvent en secret !

Tu m'apparais alors souriante et parée,
Riche de tous les dons prodigués par mes vœux ;
Mais hélas ! au réveil, sur ta face éplorée
Je vois rouler encor des pleurs silencieux !

Que ne puis-je porter remède à ta souffrance,
Perle que le malheur réduit à se cacher !
Sort ! rends à l'innocent une part d'espérance :
L'infortune aux méchants seuls devrait s'attacher !

# PAYSAGE DANS LES ALPES

D'APRÈS CALAME

.... *« Silent let me sink to Earth.*
*« With no officious mourners near. »*
(BYRON.)

C'est un bois de sapins perdus dans les ténèbres,
Un site désolé, des glaciers morfondus,
Où la Lune, en passant, de ses lueurs funèbres
Éclaire un précipice entre des rochers nus.

Les aigles, inquiets et blottis dans leur aire,
Couvent là leurs petits, sous l'aile entrelacés,
Et le vent, parcourant la forêt solitaire,
Chante dans les cyprès l'hymne des trépassés.

C'est là qu'enseveli sous un linceul de neige,
Moins froid que n'est le monde à des cœurs douloureux,
Il ferait bon dormir sans qu'un pied sacrilège
Vînt jamais le ternir de ses pas curieux !

Des nuages légers le cortège rapide,
Se mêlant aux brouillards que soulève la Nuit,
Semble fuir de ce lieu propice au suicide ;
Mais l'âme s'y repose et mon œil le chérit.

Je l'ai mis près de moi comme une perspective
Ouverte sur l'abîme où tout doit s'engloutir,
Et j'y rêve un tombeau dont l'image ravive
Le dédain de ces jours qui mènent à mourir !

## LE PILORI

TABLEAU ALLÉGORIQUE DE GLAIZE

Représentant la plupart des grands hommes martyrs.

Bonaparte Empereur et Jeanne Darc brûlée !
Effroyable leçon qui ne profite pas !
Ne voit-on pas durer l'habitude insensée
De toujours mettre en haut ce qui doit être en bas ?

Si du moins des humains la colère imbécile
Épargnait le penseur, l'inventeur, le savant !
Si le moins menacé, c'était le plus utile !...
Mais le plus exposé, c'est le plus méritant !

## AU PORTRAIT ÉGARÉ D'UN PAPE

### RECUEILLI DANS LA GALERIE DE L'AUTEUR

Des grandeurs d'ici-bas écroulement bizarre !
Après avoir dicté des décrets souverains
Au Vatican, porté la pourpre et la tiare,
Et béni l'univers entier de vos deux mains,

Votre âme glorieuse ayant quitté la terre
Pour régner au séjour de l'immortalité,
Ce portrait, oublié, tomba dans le repaire
Du bric-à-brac vulgaire, — affront immérité !

Là, gisait dans un coin la toile dédaignée,
Au cadre vermoulu, poudreux de vétusté,
Et les baisers visqueux de l'immonde araignée
Souillaient votre visage empreint de majesté !

Votre face, Saint-Père, à mes yeux s'illumine
De l'auréole propre aux esprits éminents :
C'est pourquoi devant vous humblement je m'incline,
Heureux de vous soustraire au contact des manants.

A vos hautes vertus je dois ma sympathie :
Philosophe, je veux être votre hôtelier.
Des victimes du sort, des blessés de la vie
Le penseur n'est-il pas le frère hospitalier ?

Quand vous aviez pour vous le rang et la puissance,
Alors qu'on se signait en disant votre nom,
Envers vous j'aurais pu manquer d'obéissance,
Mais mon respect revient devant votre abandon.

Mon hôte révéré, de cette galerie
Soyez l'ange gardien et faites, monseigneur,
Que, n'ayant jamais vu mauvaise compagnie,
J'en sois exempt aussi dans un monde meilleur !

## UN PORTRAIT DE LARGILLIÈRE

On demande à savoir quel est ce personnage
Sur lequel Largillière exerça son pinceau.
C'est un homme éminent sans doute : un tel visage
Ne put appartenir qu'au monde le plus beau.

Il avait trop d'esprit pour que ce fût Dangeau,
Qui n'avait pas reçu la malice en partage.
Celui-ci dut parfois tenir tête à Boileau,
Mais l'observation n'en dit pas davantage.

J'aime à considérer cet ancêtre imposant
Où revit le grand siècle en un représentant
Qu'on sent avoir été hautement vénérable.

Notre contemporain, ce pleutre émancipé
Qui, pour être insolent, n'en est pas plus huppé,
Auprès de ce portrait a l'air d'un misérable.

## LE SOIR

TABLEAU DE GLEYRE

(Un vieillard, brisé par la fatigue et par l'âge, voit s'éloigner une barque pavoisée, sous la conduite de l'Amour un groupe de Nymphes qui chantent et se réjouissent).

Amours, illusions, rêves, plaisirs, jeunesse,
Loin de toi pour jamais tu les vois s'en aller,
Et ton regard tremblant contemple avec tristesse
Ces compagnons d'un jour qui semblent t'oublier!

Laisse-les donc partir, et dis-leur : Bon voyage!
Pour défier les flots il n'est qu'une saison.
Quand on est las, il sied de rester au rivage,
Et, soumis à son sort, d'invoquer la Raison.

## LA VÉNUS BLONDE

### DU TITIEN

O Vénus ! devant qui chaque siècle docile,
Amoureux à son tour, viendra se prosterner;
Toi qui, du genre humain seul culte indélébile,
As l'art de l'attendrir et de le consterner !

Divinement parfait, ton corps est un poème
Qui console les yeux de se rouvrir au jour.
Ton image au vieillard, à l'infirme lui-même,
Rend par l'illusion l'idéal de l'amour.

L'heureuse expression dont ta face est douée
Représente au moral la grâce et la bonté;
Que la réalité pour toi soit oubliée :
Fais-nous dans les tourments rêver la volupté !

L'artiste créateur dont le rare génie
Éternise ici-bas un type de beauté,
Égale presque Dieu dans sa gloire infinie,
Et c'est trop peu pour lui de l'Immortalité !

## LES WILLIS

DE JEANRON

Dans le creux du vallon, sous les branches touffues
Dont l'abri protecteur recouvre les gazons,
Se dérobe un étang dans les herbes velues
Que le Soleil couchant lisse de ses rayons.

Là, sur une eau qui dort, les vertes madrépores
De leur large palette étendent les fuseaux;
Les nénuphars, jonchés de leurs fleurs incolores,
Forment un frais tapis, festonné de roseaux.

C'est en cette oasis, chère à la libellule,
Que dans l'ombre, sortant du calice des lis
Et du sein velouté de chaque campanule
Pour prendre leurs ébats, s'assemblent les *Willis*.

Vous savez, les *Willis*, ces jeunes fiancées
Que la mort vint ravir au matin du bonheur,
Et qu'évoque à minuit la cymbale des Fées
En versant dans leurs sens un délire trompeur.

Soudain, à ce signal, le tourbillon magique
Renaît à l'existence, en proie aux souvenirs.
Sur un rhythme pressé la ronde fantastique
S'élève dans les airs frémissants de soupirs.

O vierges que le Ciel enviait à la terre,
Vos charmes trop parfaits manquent à nos beaux jours!
Vous nous apparaissez comme un astre éphémère
Pour rendre plus abstrait le rêve des amours!

## AU MAITRE ANONYME ET OBLIGEANT

### QUI A BIEN VOULU ME FAIRE DE CHARMANTES MINIATURES

Le pinceau du talent n'a pas besoin d'espace :
Sur une bonbonnière il rassemble un troupeau ;
Avec la perspective il se rit de la place;
La taille ne fait pas la valeur du tableau.

De cette habileté vous donnez un exemple,
Vous, dont la miniature a tant d'expression !
Certes, à votre nom je voterais un temple;
Mais il faudrait pouvoir mettre l'inscription !

Ici ne vois-je pas le cours d'une rivière
Dont on distingue au loin jusqu'aux rides de l'eau ?
La grâce s'y reflète ainsi que la lumière;
Vous sauriez renfermer le ciel dans un panneau.

Lorsque mes yeux ravis contemplent la peinture
Dont le goût délicat est si propre à charmer,
Où vous rendez si bien l'attrait de la Nature,
Mon cœur s'en va vers vous... Hélas! sans vous nommer!

Ne vous étonnez pas de ma reconnaissance :
Songez que c'est par vous qu'au logis prisonnier,
Mon besoin d'Idéal, soustrait à l'impuissance,
A la source du Beau va se rassasier !

## LE BLEU

Il n'est que trop de noir et de gris dans la vie :
On voudrait égayer un si triste milieu.
Pour combattre le *spleen* et la mélancolie,
J'ai mis devant mes yeux un paysage bleu.

Cette nuance est chère à l'artiste, au poète :
C'est la couleur du Ciel quand il est calme et pur ;
C'est celle de la Mer, miroir qui le reflète.
Qu'est-ce que l'Idéal ?... L'Empire de l'Azur.

## UN PASTEL DE M$^{LLE}$ LEDOUX

### ÉLÈVE DE GREUZE

Jeune fille au corsage entouré de dentelle,
Au visage attrayant où l'honnêteté luit,
Vous viviez dans des jours plus beaux, Mademoiselle,
Que ceux que nous voyons : ils sont presque la nuit!

Dans votre air d'autrefois, où nul détail ne choque,
Vous plaisez et charmez sans affectation :
Il ne s'y fait sentir surtout rien d'équivoque;
L'élégance y confine à la distinction.

La rose au doux parfum, fraîche, à votre ceinture
Depuis plus de cent ans intacte se maintient;
Sur sa tige au jardin la fleur n'est pas plus pure,
Et c'est pourquoi mon œil constamment y revient.

Par votre extérieur de bonne compagnie
Le goût, que l'on offense, à propos ranimé,
Se reporte en arrière et volontiers oublie
Que le temps de la grâce est, hélas ! périmé !

Car le vice prévaut; le monde se débraille;
Il perd toute tenue en devenant plus vieux,
Et c'est sous l'ascendant croissant de la canaille
Que se décidera le sort de nos neveux !

La France a, depuis vous, reçu les coups de foudre
D'orages successifs où le mal se cachait,
Et l'usage, aimant mieux *tuer* avec la poudre,
Se moque amèrement de celle qui *coiffait*.

Hommage à toi, pourtant, neige artificielle,
Tombée avant l'hiver aux fronts intelligents,
Et qui, masquant bien peu leur couleur naturelle,
Rendait aux cheveux blancs les bruns plus indulgents !

# LA MUSIQUE

## LE CHEMIN DE L'AME

De même que la corde est tendue et vibrante
Sur l'instrument docile et prêt à résonner;
L'âme des affligés, sympathique et souffrante,
Attend l'émotion qui les fait frissonner.

D'un air harmonieux, tendre ou mélancolique,
Dans sa retraite elle aime à percevoir le son :
C'est une harpe aussi, qu'un courant électrique
Rencontre dans l'espace et met à l'unisson.

N'a-t-on pas éprouvé, dans cette vie horrible,
Sujette à tant de maux, qu'il est au fond des cœurs
Une source cachée, à la peine accessible,
Et qu'on pourrait nommer la fontaine des pleurs?

Il en sort des accents plaintifs, dont la Musique
Appelant les échos paraît être l'aimant :
Ainsi, dans le vallon est un bocage unique
Où seul le rossignol laisse entendre son chant.

L'intense expression des thèmes pathétiques
Commande à l'organisme avec autorité :
Elle partage avec les scènes dramatiques
Le pouvoir d'exalter la sensibilité.

Les motifs en *mineur* surtout ont de tels charmes
Qu'aussitôt que l'un d'eux a retenti dans l'air,
Dans l'auditoire on voit se répandre des larmes
Comme l'eau des ruisseaux s'écoule vers la mer.

C'est une impression forcée, irrésistible,
Que l'exécution amène en un instant :
La baguette magique a, sur le roc sensible,
Frappé juste et le jet en sort spontanément.

Il existe un levier puissant dans la Musique
Que déjà ses effets viennent nous révéler :
Sur quelques coups d'archet notre esprit prosaïque
Se sent vers l'Idéal sans effort s'élever !

Réfléchissez, docteurs qui niez l'âme humaine,
Guides inclairvoyants de l'éducation :
La question qu'on pose en ces mots n'est pas vaine ;
Tout problème réclame une solution.

Ces deux sublimes voix : Mélodie, Harmonie,
Ne sont pas seulement des prestiges de l'Art ;
Mais encor deux pouvoirs dont l'immense énergie
N'a pas été comprise, et le sera trop tard.

A leur aide on a su de l'insensé lui-même
Au bout de peu de temps réveiller la raison,
Calmer la frénésie et le délire extrême,
Ou bien de la torpeur tirer la passion.

Du génie inspiré suprême auxiliaire,
Et moralisateur, dominant à son tour,
L'Art qui souffle à son gré l'amour, la paix, la guerre,
De la terre en progrès sera le maître, un jour.

Adepte humble et soumis, j'ai deviné sa gloire;
Je prédis l'avenir à ce consolateur;
A ses accords bénis j'annonce la victoire :
Par eux civilisé, l'homme sera meilleur.

## LA LANGUE QUI NE TROMPE PAS

Ce que l'on dit n'est pas constamment véridique :
A tromper l'on a tant de disposition !
C'est pourquoi j'ai toujours préféré la Musique
A toute autre conversation.

L'instrument, bien joué, mieux que la voix parlée
Résonne, et quand il rend l'art du compositeur,
D'accords mélodieux notre oreille est bercée,
Et leur discours n'est pas menteur.

Un grand prédicateur m'a vu près de sa chaire :
J'écoutai Ravignan, comme aussi Meyerbeer;
Mais mon goût personnel prise moins Lacordaire
Que certains opéras d'Auber.

Orateurs vigoureux, j'aime votre éloquence :
Je puis vous admirer, tonnants, jusqu'à la fin.
Je troquerais pourtant votre haute science
Contre une valse de Chopin.

Quand Rouher entraînait les Chambres et la ville,
J'attendais que son règne imposteur fût fini.
Je préfère à Constans le *Barbier de Séville*,
Loyson ne vaut pas Rossini.

Si devant moi s'ouvrait une bouche de rose,
Malgré le vif attrait qu'exercent les appas,
J'exprimerais ce vœu : « Chantez-moi quelque chose...
« La prose, je ne l'entends pas ! »

## LA PEINTURE ET LA MUSIQUE

« Oui, » — disait certain peintre, en exaltant son art,—
« Je fais revivre tout sous mon pinceau magique !
« Pas un trait de la vie, ou privée ou publique,
« Qu'il ne sache embellir et traduire au regard.
« Je fixe les aspects divers de la Nature
« Et les expressions que prend chaque figure ;
« Par un tableau tout peut être représenté.
« Les scènes d'un moment, je les immortalise;
« Je décore un salon, un palais, une église
« D'œuvres dont le renom sera toujours vanté :
« On les touche du doigt, et l'œil les analyse;
« Ce n'est pas un bruit vain par le vent emporté !
« Auprès d'un tel pouvoir qu'est-ce que la Musique ?
« Ses accords pénétrants, sa fanfare héroïque
« N'éveilleront jamais qu'une sensation
« Fugitive, qui cesse avec l'audition.
« Souvent ce n'est l'effet que d'une mécanique !... »

« Oh ! » — reprit aussitôt, sur un ton sardonique,
Et sans lever les yeux, un vieux compositeur, —
« Aux formes vous donnez les contours, la couleur
« Dont la *réalité* vous fournit le modèle,
« Car on n'aurait pas eu de Peinture sans elle.
« Notre art, supérieur, est plus prodigieux :
« Il s'est créé lui-même et ne doit rien aux Dieux.
« Sans exemple c'est lui qui conçut l'Harmonie ;

« Son inspiration produit la Mélodie,
« Ce n'est pas de l'oiseau qu'il apprit à chanter.
« Quand l'orchestre savant, capable d'enchanter,
« Sous l'archet magistral jouant avec ensemble,
« Module des accords éloquents dont l'air tremble,
« C'est un vrai phénomène auquel vous assistez,
« Une commotion que, tous, vous subissez ;
« Du public attentif l'émotion profonde
« Sous le charme vainqueur oscille comme l'onde,
« Sous les souffles puissants qui viennent l'agiter,
« Jusqu'à la passion aptes à l'exciter,
« Propres même, parfois, à l'appeler aux armes,
« Puis le calmant soudain, faisant couler des larmes,
« L'animant, le domptant ainsi qu'un instrument,
« Et semblant à leur gré dicter le sentiment
« Aux dociles échos des sons de la Musique.
« Qui donc contesterait qu'à cet empire unique
« Sur les cœurs et l'esprit rien n'est à comparer,
« Puisqu'il a le pouvoir dufluide électrique ? »

Le peintre, assure-t-on, s'occupe à préparer
A son contradicteur une verte réplique ;
Mais je ne le crois point facile à réfuter.
L'Art le plus idéal est d'essence divine :
Avec la Poésie à l'Olympe il domine.
*Orphée* avec sa lyre eut toujours place au Ciel,
Où l'on n'a pas encore appelé *Raphaël.*

## DUOS SANS ACCOMPAGNEMENT

### SOUVENIR DE JEUNESSE

Sous les grands marronniers que l'aquilon secoue
Quand leurs fruits hérissés bombardent le passant,
Et que, par un air vif, on se sent sur la joue
Avec une rougeur monter l'afflux du sang,

J'allais avec *Julien* chanter aux Tuileries :
Nous connaissions par cœur les célèbres duos,
Et le massif touffu, propice aux rêveries,
Du concert juvénile étouffait les échos.

Parfois un curieux s'approchait pour entendre :
Un silence obstiné se faisait à l'instant.
L'aspic de Cléopâtre, à deux pas, dut surprendre
Plusieurs de nos effets, — sans siffler cependant;

Car nous n'avions admis dans notre répertoire
Que des morceaux choisis des maîtres glorieux;
Tous leurs noms sont encore présents à ma mémoire :
Gluck, Weber, Rossini, d'autres non moins fameux.

Lorsque pendant le cours de notre promenade
Le vent, plus fort, chassait la feuille en tourbillon,
Nous en étions ravis; alors la sérénade
Pouvait pour un moment hausser son diapason.

Trop de sonorité, là, n'étant pas permise,
Le *crescendo* hâtif mourait timidement.
Que de motifs ainsi confiés à la brise
Comme l'aveu naïf que murmure un amant !

Présage assurément de notre destinée
Que nous vîmes tous deux s'éteindre obscurément !
D'un côté la terrasse arrêtait l'envolée,
De l'autre, s'écoulait un monde indifférent...

Le massif est détruit ! l'enceinte ravagée
Du jardin a reçu des ans un coup mortel :
Une ombre moins épaisse y naît. Sous la feuillée
Les chanteurs d'à présent sont les oiseaux du ciel !

## LA HARPE ÉOLIENNE

Parmi les instruments les plus ingénieux
On ne peut oublier la lyre automatique
Dont le vent, en passant, devient l'archet magique
Et fait vibrer dans l'air les sons harmonieux.

Dans un bosquet touffu qui le dérobe aux yeux
On cache l'appareil et sa douce musique,
Organe approprié d'un site romantique
Où l'on ne sait d'où vient son bruit mélodieux.

Parfois, sous des lilas dont la fleur frêle tombe,
Ombrage parfumé qui protège une tombe,
D'une harpe d'Eole on entend les accords.

Ses accents vont au cœur du rêveur solitaire
Dont le recueillement, dégagé de la terre,
Dans la brise perçoit comme un soupir des morts.

# COMPOSITEURS

## BEETHOVEN

### LES SYMPHONIES DU CLAIR DE LUNE

Des mouvements du ciel traduire la grandeur,
Des nuages changer la marche en symphonie,
Transposer le lever d'un astre en mélodie,
De la Création c'est égaler l'ampleur.

Qui donc put accomplir jamais ce tour de force,
Si ce n'est Beethoven, ce génie indompté
Qu'un art divin parmi ses maîtres a compté,
Archange qui chantait sous une rude écorce?

Ecoutez, attentif, ces accords imposants
Qui dans un océan de clarté vaporeuse
Font apparaître aux yeux Phœbé majestueuse,
Argentant l'univers de ses rayons tremblants!

Du disque radieux les sons rhythment la course,
Chaque mesure lente en marque le progrès;
Les modulations procèdent par degrés;
L'harmonie est ici ramenée à sa source.

De l'auguste spectacle on sent l'émotion
Aussi bien que le fait admirer la Nature :
Du Titan musical l'inspiration pure
Avec le firmament lutta d'expression.

L'empire qu'on prêtait à la lyre d'Orphée
A donc été, depuis, mille fois surpassé :
Et que pouvait d'ailleurs l'artiste du passé
Sur le maigre instrument à la corde pincée ?

Dans la Musique, il est tout un culte à puiser ;
A son joug caressant le monde doit souscrire,
Car, si la Science est le moyen de l'instruire,
Le Concert est celui de le civiliser.

## BELLINI

### LE SOLO DE FLUTE

Pour oublier les maux de ce monde pénible,
Et fuir dans l'Idéal l'ingrat et le méchant;
Pour bercer mes douleurs et rendre moins sensible,
Dans la fièvre des nuits, mon supplice accablant,

Je me redis tout bas l'air si mélancolique
Qui, dans *Norma,* prélude à l'Acte solennel
Où la prêtresse, au sein d'un cortège tragique,
De sa foi parjurée ensanglante l'autel.

La flûte chante alors sa suave complainte,
Triste comme un sanglot, douce comme un soupir;
On croirait écouter l'attendrissante plainte
D'un blessé, résigné, qui s'apprête à mourir !

Cet air est, à mon sens, plus que de la musique :
C'est d'un cœur désolé l'harmonieux accent;
C'est l'âme qui s'en va, souffrante, pathétique,
Et l'élévation du martyr expirant !

Si mon suprême effort n'est pour la poésie,
Qui sous la cendre encor, chez moi soutient le feu,
En répétant cet air je veux quitter la vie,
Pour que la Mélodie ait mon dernier adieu !

## BERLIOZ

Interprète inspiré des scènes grandioses,
Symphoniste idéal, et sublime railleur,
Comment te reprocher tes sarcasmes moroses,
Quand on comprit ton âme, en proie à la douleur ?

Si l'immortalité couronne ta mémoire,
Nul homme en son vivant ne fut plus contesté :
Il t'a fallu la mort pour atteindre à la Gloire !
Enfin l'arrêt vengeur a pour toi protesté.

De trois Muses les dons réunis sur ta tête
Te firent à la fois artiste merveilleux,
Compositeur, savant, littérateur, poète,
Et des critiques d'art le plus ingénieux !

A l'exemple de Gluck, tu conçus la Musique
Liée intimement à l'esprit du sujet,
Et c'est pourquoi tes chants, dans leur essor tragique,
Des drames palpitants ont décuplé l'effet.

La volonté, l'ardeur de ton humeur chagrine
Éclataient dans le feu de ton regard puissant :
Il était beau de voir ta figure aquiline
D'un signe électriser l'orchestre frémissant!

Tu sus, comme Byron, cribler de tes satires
Ce public, où les sots, si bien ligués entr'eux,
De leurs charivaris couvrent le son des lyres, —
De ce qui les dépasse ennemis furieux !

En tout siècle, ce fut le destin du génie
De souffrir, incompris, et d'attendre son jour :
Ni le temps ni la mort n'usent la calomnie ;
Mais, après les dédains, la Justice a son tour !

## DONIZETTI

SUR L'OPÉRA DE « LUCIE »

Séduit par les couleurs qu'un parterre étalait,
Enivré des parfums de l'Empire de Flore,
Parmi tant de beautés que ma vue admirait,
Je voulus faire un choix; mais j'hésitais encore...

Auprès du Lis royal qui, tout fier, se dressait,
Non loin du frais Lilas, qui tendrement se penche,
J'aperçus une fleur que nulle n'égalait,
La reine du jardin : c'était la *Rose Blanche*.

Même séduction quand, dans mon souvenir,
Murmurent les échos des œuvres du Génie,
Le nom de l'opéra le plus prompt à venir,
C'est ton nom glorieux, adorable *Lucie !*

Nulle voix n'exhala des sons aussi touchants :
Avec toi l'on s'élève aux sphères immortelles,
Et, quand on est privé d'applaudir tes accents,
Après toi l'on redit : « Que n'avons-nous des ailes !...»

# GLUCK

Rallumons nos flambeaux aux rayons de sa gloire,
Que voulait éclipser l'halluciné Wagner :
L'école dont on doit conserver la mémoire,
C'est celle de Mozart, Weber et Meyerbeer.

Que des compositeurs presque atteints de démence
En forçant les effets croient faire du nouveau,
L'exemple d'un goût pur confond leur impuissance :
Le bizarre ne peut déshériter le Beau.

En vain repousse-t-on partout le joug classique,
L'Art ne comporte pas d'exagération.
Les Maîtres sont sacrés; désormais la Musique
N'appelle déjà plus de révolution.

Variez les motifs, mais suivez les modèles :
Le présent ne doit pas ignorer le passé;
Méditez, honorez ses œuvres immortelles;
Ne vous attendez pas à voir Gluck surpassé.

Reparais sur la scène, illustre Iphigénie :
Le sublime appartient à la postérité;
Tes accents plaideront la cause du génie
Et l'erreur tombera devant la vérité.

# ROSSINI

SUR LE « BARBIER DE SÉVILLE »

Ah ! bravo, *Figaro !* toi qui veux que l'on rie,
Déride-nous, ami ! Fais la nique au chagrin
Et la barbe à l'ennui. Grelots de la Folie,
Vous êtes les boutons de sa veste en satin.

*Rosine,* c'est la fleur qu'on rêve et qu'on envie,
*Almaviva*, l'amour qui chante au fond du cœur ;
Mais j'admire surtout Rossini, ce génie
Roi de la Mélodie et de la belle humeur !

## WEBER

SUR LA PARTITION DE « FREYSCHUTZ »

Ici, l'écho rêveur des forêts d'Allemagne
Prend la voix des taillis par les Elfes hantés :
Weber en traduisit les accents enchantés
Que l'Amour, soupirant, en sourdine accompagne.

Elle a joué depuis, sur d'autres violons,
Des airs moins attrayants, la rude Germanie,
Qu'on avait cru pouvoir aimer pour son génie !...
Mais l'Art porte plus loin que ne font les canons.

## A LA MÉMOIRE DE CHAFFET

PIANISTE ET COMPOSITEUR DE GRAND TALENT

Mort tout jeune en 1877.

Le promeneur entend souvent dans les charmilles
Préluder puis chanter un tout petit oiseau,
Qui, redoublant de voix, remplit de joyeux trilles
L'air embaumé du soir à l'entour du hameau.

On peut te comparer à ce chantre invisible,
Toi dont le corps si frêle inquiétait les yeux,
Et qui, comme la harpe à tous les chocs sensible,
As exhalé ta vie en sons mélodieux !

Il faut porter le deuil de la lyre brisée :
Les lieux qu'elle enchantait paraissent comme morts !
Mais l'Art est immortel, et l'oreille charmée
Garde l'émotion de ses puissants accords.

## A UN MUSICIEN

Qui m'avait envoyé gracieusement le poisson de sa pêche.

Ce n'est pas au filet, ni surtout à la ligne,
Que l'on peut capturer, par un bonheur insigne,
Dans une matinée ou deux, tant de poissons.
Il faut que pour pêcher vous ayez quelque piège,
Ou bien votre hameçon tient donc du sortilège? —
Joueriez-vous du piano, par hasard, aux goujons?

C'est ainsi que pour moi votre succès s'explique :
Sur la Marne, par le pouvoir de la Musique,
Vous enchantez les eaux, et régnant sur ces bords,
Vous y renouvelez les prodiges d'Orphée,
Car le fretin, charmé, l'ablette, fascinée,
Suivent, en s'oubliant, vos pas et vos accords !

## L'IDÉAL ALLEMAND

Il est bon que l'on sache, ô belles Allemandes !
Quelle délicatesse a chez vous l'idéal :
Vous êtes moins encore artistes que gourmandes ;
L'estomac est pour vous l'organe principal.

Pendant qu'à l'Opéra chante la mélodie
Qui prête son prestige aux scènes de l'amour,
Vous commettez céans la malpropre avanie
De n'être qu'à manger et boire tour à tour.

Dans ces temples sacrés que surmonte la lyre.
Tandis qu'on exécute un chef-d'œuvre immortel,
Qu'*Isabelle* sanglote et que *Robert* soupire,
La salle a d'un buffet l'aspect matériel.

Vous associez donc la musique au laitage,
Par ce goût incongru vous laissant emporter,
Et vous mettez le drame au-dessous du fromage,
Qu'aussi bien vous pourriez dévorer au souper.

C'est en empoisonnant de miasmes l'atmosphère
Par des odeurs de graisse et de putridité
Que votre extase atteint sa limite dernière,
Mêlant la goinfrerie à la sublimité.

Le poème pour vous n'est, au lieu d'harmonie,
Que l'accompagnement d'un pique-nique infect !
Est-ce là noblement honorer le génie ?
Est-ce à l'Art souverain témoigner du respect ?

O rustres dont l'accent décornerait des vaches !
L'ancienne barbarie éclate dans vos mœurs :
Votre public grossier compte plus de ganaches
Et d'ignorants badauds que de vrais connaisseurs !

# DIVERSES MANIFESTATIONS DE L'ART

## LA SCULPTURE

La main des grands sculpteurs tient l'instrument unique
Qui peut à l'art mortel donner l'éternité :
La pierre et les métaux, sous leur ciseau magique,
Apprennent à chanter l'hymne de la Beauté.

La matière s'anime et la forme, docile,
Se corrige et s'épure à leur commandement :
Ils tirent à leur gré, comme Dieu, de l'argile
L'ange, l'homme, la femme, et même le serpent.

Muets dont l'éloquence est pour moi sans égale,
Monde que le génie évoque du néant,
Rêves réalisés, votre grâce idéale
Rencontre dans le marbre un complice éclatant !

C'est à vos corps parfaits et de lumière avides
Qu'il convient de montrer leurs blanches nudités :
Voilez, ô laids vivants, sous vos nippes sordides,
Vos membres mal venus et vos difformités !

## L'AMAZONE

STATUE

Son air est imposant, sa taille grande et fière,
Son regard souverain, son maintien cavalier.
Un trait pourtant dément cette apparence altière :
C'est que sa bouche tendre, appelle le baiser.

L'aperçoit-on, marchant d'un pas d'Impératrice ?
L'œil, fasciné, la suit, et l'on se prend, tout bas,
A songer que l'Amour en ferait son caprice ;
Mais, de peur d'en pâtir, on ne le lui dit pas.

D'un bond, vers le Centaure, armée elle s'élance
Et de sa large croupe enfourchant le coursier,
A travers champs et bois ventre à terre le lance
Pour rattraper bientôt le cerf sous le hallier.

Heureux est l'étalon qui devient sa monture
Et dont ses reins puissants caressent les contours !
Excité, contenu par sa main souple et sûre,
Avec elle il voudrait faire corps pour toujours.

Quand nue, et déroulant sa longue chevelure,
Elle entre au bain, Diane en elle voit sa sœur,
Et les Faunes, cachés, sentent de la Nature
L'impérieux désir enflammer leur ardeur.

Le mortel qui pourrait l'obtenir pour maîtresse
Se briserait pâmé dans ses embrassements;
Car lorsque du plaisir elle goûte l'ivresse,
Le sol est ébranlé de ses enlacements.

L'amoureux qu'il lui faut, c'est l'énorme Satyre
Qui, sur les verts gazons s'allongeant à ses pieds,
En rut, dans les transports poussés jusqu'au délire,
Est tout prêt à servir ses besoins épiés !

# L'HEURE DE NUIT

STATUETTE

« *Et tu pars!... C'est un rêve*
« *Que le réveil achève!*
« *Heureux pour qui se lève*
« *L'espoir de tout retour!*
(MÉLODIE DE MASINI : *La Sylphide.*)

Le cartel du logis vient de sonner une heure :
Ce bruit m'a réveillé d'un sommeil languissant.
J'écoute, et je n'entends plus rien dans ma demeure
Que le léger tic tac du balancier mouvant.

Sur le mur, en tremblant, la veilleuse reflète
L'ombre de sa clarté qui va bientôt mourir,
Et, levant ses deux bras, je vois la Statuette
S'élancer doucement, partant comme un soupir!

Ne t'en vas pas sitôt, cher symbole du songe!
Reste dans ce méandre où la Muse te suit.
Profitons du silence où le repos nous plonge :
La Poésie est sœur des heures de la Nuit.

Causons... Merci d'abord des visions fleuries,
Magnifiques parfois, que tu sais m'apporter.
Le mal n'existe plus quand aux sphères bénies,
Docile et confiant, tu veux bien m'emporter.

Voyageurs curieux, nous explorons les mondes
En cherchant le bonheur moins que la Vérité :
Le cercle où tu conduis nos courses vagabondes,
Embrassant l'infini, contient l'immensité.

Je parcours avec toi les plaines d'Icarie,
Le pays de l'Amour et de l'Egalité,
Et nous ne ramenons, hélas ! dans cette vie
Qu'un peu de sa sagesse et rien de sa beauté !

Les brillants oasis qui bordent notre route
Etalent à nos yeux un éternel printemps,
Un ordre, une splendeur dont l'éclat nous dégoûte
De l'aspect des laideurs, des caprices du temps,

De la douleur, des maux qui règnent sur la terre,
D'un milieu si troublé, si commun, si petit
Que, honteux, rebuté, l'on fuit vers la chimère
Dont tu gardes le seuil, charmante heure de Nuit !

Ah ! que je la comprends, ta pose aérienne,
Quittant le sol ingrat de la réalité !
C'est quand il n'a plus rien de lourd qui le retienne
Que le génie enfin plane en sa liberté.

Lorsque, les yeux fermés, volant vers la lumière
Dont l'âme est la boussole, et qu'il sent rayonner
En y montant, l'esprit se dégage et s'éclaire,
Son corps est une chaîne : il peut l'abandonner !

## MINNA TROÏL ET CLÉM. CLEVELAND

### GRAVURE D'APRÈS GUIMARD

(Sujet tiré du *Pirate*, de Walter Scott.)

Assis sur le gazon d'une haute falaise,
Vous vous parlez d'amour, beau couple aux yeux rêveurs
Tandis que, sous vos pieds, la houle qui s'apaise
Gémit comme en réponse aux plaintes de vos cœurs.

Quoi ! si jeunes, vos fronts, pleins de mélancolie,
Ressemblent à des fleurs prêtes à se faner !
Quand s'ouvre devant vous l'horizon de la vie
Quel sinistre fantôme y voyez-vous planer ?

Ange exilé du Ciel, Minna se désespère,
Lasse, ainsi que Mignon, de son lien mortel.
Clem, suppliant, reproche à sa tristesse amère
D'ajourner le bonheur d'un hymen fraternel.

Pleurez, pauvres enfants déjà mûrs pour les larmes !
La mort qui vous menace est sourde à tous les cris,
Et, prompte à moissonner la jeunesse et les charmes,
Elle aiguise sa faux dans les sentiers fleuris.

Mais ne t'envole pas, amante séraphique
D'ont l'aspect vaporeux semble une ombre au Nocher !
N'imite pas Sapho, la muse au sort tragique,
Qui, maudissant l'amour, s'élança du rocher.

Ne sois pas sans pitié pour ce cœur qui soupire :
L'être adoré sur terre y bénit son destin.
Fais à Clem consolé l'aumône d'un sourire,
Et reploie ici-bas tes ailes de satin.

## LE JET D'EAU DE SAINT-CLOUD

Il est splendide à voir, le jet d'eau vigoureux,
Quand au soleil levant il sème ses paillettes,
Perles et diamants dont les mille facettes
De leurs rayons dorés éblouissent les yeux !

Qui n'aime à contempler ce faisceaux radieux
Dont retombent en l'air les fines gouttelettes,
Ce factice arc-en-ciel qui répand sur les têtes
En poussière d'argent son baptême joyeux ?

Dans le parc enchanté, plein de retraites vertes
Aux couples d'amoureux dans les massifs ouvertes,
Les pas du promeneur vont droit à ce bassin,

Où l'hydraulique jeu qu'entoure un frais ombrage
Attire, émerveillés, les enfants de tout âge,
Et leur donne *gratis* le spectacle et le bain.

## LA BOITE A MUSIQUE

Sans orchestre, sans voix, par un pur mécanisme,
Avec quelques morceaux de bois et de métal,
L'industrie, inventant un bijou d'organisme,
Donne dans une boîte un concert machinal.

A peine aperçoit-on cet instrument magique,
Moulin qui moud tout seul ses notes de cristal,
Un cylindre obligé de parler en musique,
La matière domptée exprimant l'idéal !

Le ciel n'a plus besoin d'émettre des oracles,
L'humanité faisant à présent des miracles
Etonnants comme ceux que la Bible a narrés.

Car le génie humain, coutumier des merveilles,
Egal au Tout-Puissant par des œuvres pareilles,
Interne l'infini dans six pouces carrés.

## LE CARILLON

A travers le passé par dessus tant d'années,
Résonne encore pour moi ce joyeux carillon
Qui, tintant à toute heure et coupant les journées,
Encourageait chacun à tracer son sillon.

L'horloge de la tour avait un répertoire
Des airs du bon vieux temps que l'on savait par cœur;
Leurs refrains en écho chantaient dans la mémoire
Comme pour maintenir la ville en belle humeur.

Ce n'était certes pas une mauvaise idée
Que celle qui montrait aux générations
L'auguste basilique un instant déridée
Et semblant rendre Dieu complice des chansons.

Tandis qu'avec fracas le lourd beffroi, qui tonne,
Porte au recueillement moins qu'à la surdité,
Le clocher libéral qui gaîment carillonne
Voit bénir à ses pieds sa magnanimité.

On est reconnaissant à l'immense édifice
Qui pourrait commander du haut de sa grandeur
Quand il veut appeler aux devoirs, à l'office,
D'user bénignement du ton de la douceur.

On a bien abusé de ce Dieu trop sévère,
Foudroyant et damnant le monde à tout propos :
Les pécheurs de sang-froid qu'irrite sa colère
Se permettent souvent de lui tourner le dos.

Plus indulgente était la noble Cathédrale
Qui fait la renommée et l'orgueil de Bayeux,
Et dont la charité, large et pontificale,
Assure aux vrais chrétiens un culte digne d'eux.

## VIEILLE TAPISSERIE

Au temps heureux et court de ma première enfance,
Ma famille habitait une ancienne maison
Où, les êtres cachés m'étant connus d'avance,
J'aimais à me trouver seul, le jour, au salon.

Bien que le plus souvent nul bruit n'y fût sensible,
Je n'y pénètrais pas sans crainte ni respect,
Et même j'y sentais un frisson invincible
Tant ce qu'on y voyait prenait un air suspect.

Sur les lambris pendait une tapisserie
Montrant une forêt avec ses verts sentiers.
Une meute y menait la chasse avec furie,
Jusque dans des marais entraînant les coursiers.

Tout à coup, ô surprise ! à même la muraille
Un tremblement subit venait tout ébranler ;
Derrière l'on eût dit que l'on livrait bataille :
Une troupe de rats devait s'y rassembler.

Du sommet d'un ormeau s'envolait la bécasse ;
Des renards au galop sortaient de leur terrier ;
Les lapins, à leur tour, plus loin entraient en chasse
Et les oiseaux fuyaient le bec de l'épervier.

Demeurant attentif à ces effets magiques
Dont l'apparition m'intimidait parfois,
J'eusse entendu, je crois, les échos mélodiques
Réveillés par le cor d'Obéron dans les bois.

Des rafales de vent secouaient le feuillage;
Des hôtes imprévus surgissaient des halliers :
A travers les massifs où s'épaissit l'ombrage
Ventre à terre couraient chevreuils et sangliers.

On distinguait encor, rôdant parmi les branches,
Plusieurs loups affamés qui semblaient s'approcher,
Leur large gueule ouverte étalant leurs dents blanches.
Un lièvre était tapi dans le creux d'un rocher.

On avait toujours moins de visions pareilles
Lorsque quelques amis venaient nous visiter,
Ce qui s'explique assez : les murs ont des oreilles
Et quand ils sont muets, c'est pour mieux écouter.

C'était surtout la nuit qu'un vacarme effroyable
Dans le salon désert par moments éclatait...
Ma bonne se signait, affirmant que le Diable
A cet affreux sabbat sûrement se mêlait!

Les tableaux saisissants de la ménagerie
Qui dans cette maison grouillait autour de moi,
Par leur panorama brodé de fantaisie
Ont à mon souvenir transmis leur vague émoi,

Et si je n'ai pas pu de la décrépitude
Sauver, en lui donnant des soins, le vieux tapis,
C'est qu'en droit ni coutume on n'admet l'habitude
D'emporter les parvis quand on quitte un logis.

## LE TÉLESCOPE

Pour rapprocher de lui les astres et les cieux,
L'homme, qui sait si bien abréger la distance,
A trouvé le moyen d'appliquer à ses yeux
Des verres dont s'accroît mille fois leur puissance.

Mais, par le Télescope il a beau voir de loin,
Ses meilleurs instruments ne percent pas les sphères ;
De la création il ne fut pas témoin
Et n'en pourra jamais pénétrer les mystères.

Il échoue à compter le nombre des soleils :
La matière au zénith devient impénétrable.
L'éther et le néant, pour nous presque pareils,
Rendent à nos savants le monde indéchiffrable.

A l'armée, à la mer, au faîte des sommets,
Dans le creux des vallons, au fond de la campagne,
La longue-vue à point éclairant les objets
Est de l'observateur la fidèle compagne.

Le zèle astronomique a peu d'utilité
Quand il suit pas à pas la marche des comètes,
Et l'Arago moderne avec sagacité
Vers un but moins oiseux doit braquer ses lunettes.

## LE MICROSCOPE

Ce que l'orgueil humain appelle la Science,
Lent acheminement vers plus de connaissance,
Du vrai ni du réel n'est le discernement.
La Nature interdit à nos faibles organes
De pénétrer jamais au fond de ses arcanes,
Et notre savoir est un long tâtonnement.

Dans la pénible voie à nos efforts ouverte
L'esprit a fait pourtant plus d'une découverte
Aux travaux qu'il poursuit propice tour à tour;
A notre courte vue apportant assistance,
Le Microscope en a fécondé la puissance :
Sur la création il jette un nouveau jour.

Avant qu'il eût appris l'usage de la sonde
Désormais appliquée aux mystères du monde,
L'ignorant se croyait le favori du Ciel;
Sur la terre il était le seul sujet notable,
Et l'Univers avait pour but incontestable
De mener près de Dieu le chrétien, immortel.

Mystiques partisans de la *Cause finale*,
Osez, pour infirmer la sentence fatale,
Nier que l'Araignée ait de multiples yeux,
Et que, soit pour atteindre ou surveiller la proie,
L'insecte en tous les sens, même opposés, n'envoie
Comme un phare éclairé ses rayons lumineux ?

A l'observation il a fallu se rendre :
Aux palmes des élus n'ayant pas à prétendre,
Le moderne savant, du Microscope armé,
De l'aveugle passé corrigeant les méprises,
Et de l'expérience acceptant les surprises,
De la Zoologie écrit l'*épitomé*.

Il est démontré là par la Mouche et l'Abeille,
Par des êtres qui sont chacun une merveille,
Que les miracles sont ici-bas permanents.
On ne peut accuser la source de la vie
D'être arbitrairement au hasard répartie :
De prodiges elle a comblé tous ses enfants.

Ne disputez donc plus sur l'âme et la matière ;
Ne dites pas : « L'instinct n'est pas une lumière; »
Laissez à l'animal son rang et sa valeur.
On a beaucoup surfait la bête que nous sommes;
Les Cirons ne sont pas aussi fous que les hommes :
Sur ce point Pythagore était un précurseur.

De l'Eglise il n'eût pas ratifié les comptes
Au risque de causer aux gens trop de mécomptes
Et de falsifier l'auguste vérité,
Qui trace clairement à tous leur destinée
Par l'inclination qu'elle leur a donnée,
Et qui n'admet aucune erreur de qualité.

## LE CHROMATROPE

C'est un simple appareil de fantasmagorie,
Une combinaison de verres grossissants
Où la lumière joue et, grâce à la magie
De l'optique, fait voir des effets saisissants.

Combien en peu d'instants le spectacle varie !
Prestiges de couleur, astres, rayonnements,
Scènes d'apothéose et de pyrotechnie,
Que d'admiration et d'éblouissements !

Si l'on vous permettait d'observer aux chandelles
Les causes, les moyens de surprises si belles,
Filles de l'artifice et de l'illusion,

Vous seriez aussitôt forcé de reconnaître
A quel point l'apparence est distincte de l'être :
Après l'enchantement vient la déception.

Le chromatrope, c'est l'image de la vie :
Un monde plein d'attraits sourit aux jeunes yeux ;
L'âge arrive, et dès lors, sur la scène obscurcie,
L'ombre éteint par degrés tous les points radieux !

# LE KALÉIDOSCOPE

Dans ce tube élégant, plein de verroteries,
Que la main devant l'œil fait tourner lentement,
On voit se succéder des fantasmagories
Qui causent la surprise et le ravissement :

Arabesques changeants, effets de pierreries,
Dentelles de couleur, brusque rayonnement,
Dessins capricieux, mosaïques fleuries,
Dont le léger contour s'affirme et se dément ;

L'esprit ne peut offrir tant d'images, de rêves ;
La mer a moins d'aspects sur ses flots et ses grèves
Que n'en crée à l'instant ce jouet de salon,

Où le hasard, aidé du pouvoir de l'optique,
Improvise en petit un spectacle magique,
Laissant derrière lui l'imagination.

## SUR UN CHRONOMÈTRE

Montre dont les ressorts battent comme des ailes,
Mouvement continu dans l'immobilité,
Quand du temps fugitif tu comptes les parcelles
Tu sembles abréger ainsi l'éternité.

Mais en vain du cadran l'aiguille infatigable
Dans son élan réglé chaque heure fait le tour,
Comme un pas effacé disparaît sur le sable,
Cent ans n'y laissent pas plus d'empreinte qu'un jour.

Impassible instrument, sans en garder de trace,
Tu vois se succéder le repos et l'effort :
A celui qui le suit l'instant cède la place,
Qu'il apporte avec lui le bien-être ou la mort.

Qu'importe autour de toi que l'on pleure ou l'on rie ?
Ton rôle est de rester un témoin machinal.
En fragments exigus tu détailles la vie,
Sans que le temps pour tous s'écoule plus égal !

## SUR UNE POTICHE CHINOISE

Quelle diable de physique
Ensorcelle tes magots,
O Chine, à l'art rachitique,
Qui peins les gens sur des pots ?

Tes femmes ont un air bête
A tenter des étalons ;
On leur soupçonne une tête
Faible comme leurs talons.

Sous leurs robes si traînantes
Qu'on ne voit jamais leurs pieds.
Je plains tes vierges dolentes,
Aux membres estropiés !

Tes enfants ont la jaunisse;
Tes chevaux sont de vrais rats.
Tout ton peuple, en écrevisse,
Se rabougrit dans les plats.

Ici, sans poids ni mesure,
On vend des mets curieux :
Là c'est un griffon qui jure
Ainsi qu'un chat furieux.

Plus loin, dans un équipage
Recouvert d'un baldaquin,
Un ventre, suivi d'un page,
Se prélasse en palanquin.

Tes mandarins qui gambadent,
Ont des mines de babouins,
Et tes fantassins paradent
Avec des tics de pantins.

Leurs sabres sont équivoques :
On dirait que ces guerriers
A des cuisines baroques
Ont conquis leurs seuls lauriers !

Tes oiseaux sont des limaces,
Tes arbres, des avortons.
Ébloui de tes grimaces,
On ne te voit qu'à tâtons.

Mais ta sieste est bien finie
Depuis qu'à coups de canon
On a réveillé la vie
Dans tes cités de carton !

## A UN POIGNARD MOYEN AGE

### SERVANT DE COUTEAU A PAPIER

Bien que l'Art t'ait donné la forme meurtrière
De l'arme qui, jadis, perçait le Huguenot,
Zélé réformateur par la Foi mis en guerre
Avec le Catholique et féroce dévot,

A présent, Dieu merci ! grâce à des mœurs moins dures,
De personne tu n'es, que je sache, ennemi :
Te bornant à trancher papiers, livres, brochures,
Tu n'opéreras plus de Saint-Barthélemi !

La Madone à l'Enfant surmonte en vain ta lame,
Tu ne révèles plus d'autre virginité
Que celle de l'écrit où l'auteur peint son âme,
Dut-il ne pas atteindre à la postérité !

Fer qui sers d'accoucheur aux naissantes idées
(De tes premiers forfaits c'est l'expiation),
Que de pages auront été par toi coupées
Où la vitalité n'est qu'en prétention !

## LA MYTHOLOGIE

Le Soleil luit encor... dans la Mythologie,
Et c'est là seulement qu'il faut l'aller chercher,
Car devant les progrès de la démagogie
Les astres et les Dieux n'ont plus qu'à se cacher.

Quand on ne peut aimer que des pouvoirs aimables,
Du Paganisme on doit garder la notion :
Il était poétique et charmant dans ses fables ;
Même terne, Phœbus y restait Apollon.

Plusieurs divinités s'y montraient souriantes;
L'homme de tous les jours trouvait à qui parler.
Si ses fêtes étaient profanes et bruyantes,
Le sacerdoce au moins n'y faisait pas trembler.

Son ciel, plus rapproché de l'humaine nature,
Ne troublait le repos, l'âme ni le sommeil :
Il était indulgent pour la littérature
Et l'Art n'a pas connu, depuis, thème pareil.

Sans être épicurien, j'ai peu de sympathie
Pour ces religions au culte lacrymal
Dont le dogme féroce épouvante la vie,
Qu'il tâche d'entourer d'un linceul sépulcral.

Le monde me paraît assez plein de tristesse
Pour n'avoir pas besoin de ces sombres docteurs
Qui lui prêchent le deuil, morigénant sans cesse,
Empressés d'ajouter les soucis aux malheurs.

L'homme n'est pas créé pour devenir un ange,
Il est bête plutôt : c'est un mot de Pascal.
Fanatiser l'esprit, le fausse et le dérange;
On joue au Séraphin, mais on reste animal.

La superstition que l'Eglise a nourrie
Remplace l'Idéal par des rêves en l'air :
Jamais Grec ni Romain n'eût conçu la folie
De tenir compagnie au Seigneur Jupiter.

Plus raisonnable fut l'antiquité : la Gloire
Y donnait seule accès à l'immortalité;
Ses héros n'aspiraient qu'au Temple de mémoire,
L'Apothéose était dans la célébrité.

La vertu des anciens fut moins présomptueuse,
Et le Christianisme, au paradis banal,
Avec sa foi naïve et plus ambitieuse,
Du Stoïcisme n'est peut-être pas l'égal.

Olympe célébré par Homère et Virgile,
Avec l'amour du Beau culte identifié,
Croyance du poète et non de l'imbécile
Qui comme crétin seul est béatifié,

Étale hardiment, au lieu de croix sanglantes,
De tourments, de martyrs, de supplices affreux,
Les attrayants tableaux des Vénus séduisantes,
Qui se prêtent du moins à des songes heureux !

D'instinct divinateur tu fus le Panthéisme,
De la création révélant l'unité,
En principe contraire à ce Manichéisme
Qui de l'être détruit à tort l'intégrité,

Qui voudrait abolir presque le sens plastique,
A la dévotion rapporte tous les soins,
Prétend que le moral domine le physique
Et qu'en priant l'on doit suffire à ses besoins.

Loi du renoncement, qui châtres l'organisme
Et tends à mutiler le corps et le cerveau,
Bien qu'ayant, pour ma part, pratiqué l'ascétisme,
Du goût j'ai contre toi défendu le drapeau !

# POÉSIE DES LETTRES

## HOMMAGE A LA GRÈCE

Du poète c'est toi la première patrie,
Sol classique et sacré du sublime et du Beau !
L'intelligence, l'Art et la philosophie
A ta gloire immortelle allument leur flambeau.

Dans les nôtres ta langue a conservé la vie
Et nul pays encor n'arrive à ton niveau :
A ton sein maternel incessamment nourrie,
La pensée épurée y trouve son berceau.

En vain l'histoire en toi voit une nécropole :
De ta cendre fumante et féconde il s'envole
Un phénix radieux et toujours renaissant ;

Au soleil de l'Olympe il a trempé ses ailes,
Dont il laisse en planant tomber des étincelles
Que l'esprit studieux reçoit, reconnaissant.

# ÉPIGRAPHES SUR DIVERS AUTEURS

## THÉODORE DE BANVILLE

### LES « ODES FUNAMBULESQUES »

Si la vie est un grand chemin
Encombré de choses burlesques,
Les théâtres funambulesques
Offrent l'image du Destin.

Ils ont pour eux la mise en scène,
Le prestige avec la gaîté :
Le réel en a tant ôté
De partout, que cela fait peine.

Distrayez-vous donc en lisant
Cette œuvre miroitante et rose;
Elle n'enseigne pas grand'chose;
Mais l'Art y chante en souriant.

## BÉRANGER

Ce qui me plaît en lui, malgré mon goût sévère,
Ce n'est pas le Caveau, ce n'est pas la chanson,
Le culte impérial, dont il fut presque père,
Le couplet érotique à Lisette ou Lison;

Ce ne sont pas les vieux refrains du Chauvinisme
Entretenant à faux les regrets du soldat,
Qui de ses attentats absout le despotisme
Pourvu qu'il ait donné de la gloire à l'Etat;

Ce n'est pas cet instinct d'aveugle antagonisme
N'admettant pas pour tous que le couvert soit mis,
Qui ferait consister le vrai patriotisme
A rendre pour toujours les peuples ennemis;

Mais il est un *poète;* il est de cette race
Dont la langue euphémique adoucit les esprits,
Qui compte pour aïeux Virgile avec Horace
Et nombre de parents illustres ou chéris.

Béranger ne fut pas un vulgaire rhapsode,
Un médiocre auteur rimant tant bien que mal:
Il atteignit souvent aux régions de l'ode,
Sachant associer la force à l'idéal.

On trouve dans ses vers la grâce, l'élégance;
La finesse et le goût ne lui manquèrent pas.
Il est l'Anacréon moderne de la France
Et chanta mieux encor l'amour que les combats,

Très-humain par l'idée, éloquent par l'image,
D'un style châtié qui n'est jamais banal,
Où du rire gaulois la bonté se dégage
Et donne au sentiment un tour original.

## BERNARDIN DE SAINT-PIERRE

Il a fait de l'Amour la peinture idéale
Dans un livre charmant, trésor de tous les cœurs,
Avant que, descendant une pente fatale,
L'impudence eût détruit la pureté des mœurs;

Mais si la chasteté n'est plus qu'une réclame,
Et si l'homme déchu se moque des serments,
VIRGINIE est toujours le type de la femme,
Et PAUL, le plus parfait modèle des amants.

Honneur à l'écrivain, poète de génie,
Qui sut dans un roman, un chef-d'œuvre immortel, —
Montrant par la Vertu l'humanité grandie, —
Rendre de l'amour vrai le prestige éternel!

Et quand la fiction si près de la Nature
Ne nous a pas appris où serait le bonheur,
C'est à l'esprit humain la plus sanglante injure
Qu'ait pu, sans s'en douter, infliger un auteur!

## BUFFON

Qu'il eut raison d'écrire en manches de dentelle,
D'un style en harmonie avec sa fonction,
Cet illustre savant de qui l'œuvre immortelle,
Rend un si bel hommage à la création.

C'était mettre au niveau du sujet la science
Que d'expliquer d'abord le monde initial,
Sur la réflexion baser la connaissance
Et ne pas séparer l'homme de l'animal.

Son esprit, devançant la physiologie
Et réhabilitant le rôle de l'Instinct,
Des humains pour la bête accrut la sympathie :
Ils ont au moral seul un naturel distinct.

Des êtres démêlant les liens de famille
Méconnus de l'Eglise et de l'Antiquité,
La Zoologie est de Buffon presque fille,
Car ses travaux en ont fondé la vérité.

## LORD BYRON

Prométhée élégant, à figure d'Ephèbe,
Et qui d'un pied boiteux escaladas le Ciel,
Au risque de tomber du Pinde dans l'Erèbe,
Si tu n'étais Byron, tu serais *Sataniel!*

Ton âme qu'enflammaient l'Amour et l'héroïsme,
Et qu'exhaltaient encor l'audace et la grandeur,
A, dans son désespoir, porté jusqu'au lyrisme,
Fait trembler l'Univers des cris de sa douleur.

*Manfred* et *Childe-Harold*, par ta voix désolée,
Ont maudit des mortels les destins décevants,
Et, sous ses dures lois l'humanité courbée,
Rend partout en ses pleurs tes poèmes vivants!

## CERVANTES

Antique et noble esprit de la Chevalerie,
Tu surmontes l'Histoire encor de ton cimier,
Et tu triompheras de toute moquerie
Comme aux dents du serpent résistera l'acier.

Que Cervantes en vain jette la raillerie
Sur l'illustre Manchois et son maigre coursier,
Il ne fait qu'entourer de notre sympathie
Le preux fou toujours prêt à se sacrifier.

La prudence aura beau condamner l'héroïsme,
Elle ne mettra pas en honneur l'égoïsme,
Méprisable penchant, plus mesquin qu'il ne croit.

Malgré les actes bas qu'il commet ou complote,
Il ne peut s'empêcher d'admirer *Don Quichotte*
Partant, lance en arrêt, au secours du bon droit!

## CHAMFORT

Bel esprit hors de pair, Chamfort fut de ces hommes
Pour qui leur conscience est la suprême loi :
Il s'en rencontre peu dans les temps où nous sommes,
Bien qu'il y soit commun de ne croire qu'à soi.

Caractère romain, il n'a pour biographe
Qu'un grec du Bas-Empire, inconséquent railleur,
Qui de ce philosophe a tracé l'épitaphe
Comme un vaudevilliste apprécie un penseur (1).

C'est le blé nourrissant ravalé par l'ivraie ;
Ame de citoyen, chère à la Liberté,
Au-dessus des petits bons mots d'*Arsène Houssaye*
S'élève sa mémoire et plane sa fierté.

La gloire est bien acquise à sa mort héroïque,
A son œuvre incisive et pleine de dédain.
Le bronze consacré repousse la critique
Du frivole Aristarque, et l'on n'y mord qu'en vain.

(1) Voir l'appréciation de Chamfort mise en tête de ses œuvres, dans l'édition publiée en 1852 par Victor Lecou.

## CHATEAUBRIAND

De nos temps agités, vous, les deux plus grands hommes,
Napoléon et toi, transcendants à souhait,
Vous l'avez démontré : dans le siècle où nous sommes,
C'est collectivement que la *grandeur* se fait.

Pûtes-vous relever, à force de génie,
Soutenant contre tous ce qui tombe aujourd'hui,
Les temples du passé, la *Foi*, la *Monarchie*,
Qu'un monde condamné voit périr avec lui ?

Les peuples soulevés, mal instruits par l'histoire,
Sans boussole et sans frein prétendent se régir ;
Ce n'est plus qu'au pouvoir du nombre qu'il faut croire
Et c'est à ses erreurs qu'appartient l'avenir.

Les besoins priment l'Art et la littérature ;
Les vrais dominateurs, ce sont les intérêts.
Rousseau l'avait bien dit : le vœu de la Nature,
Est l'*Utile* d'abord ; le *Beau* ne vient qu'après.

Donc, malgré la splendeur de ton style magique,
Ton suprême mérite, ô poète immortel !
C'est d'avoir deviné, compris la République,
Fin de l'*Individu*, du *Trône* et de l'*Autel!*

Quel écrivain d'ailleurs égala ta puissance?
De nos troubles toi seul connus la profondeur;
Nos révolutions, tu les décris d'avance,
Et tu menas le deuil de notre antique honneur!

## PAUL-LOUIS COURIER

Aux faux-monnayeurs de la Gloire,
Courier, prompt à tourner le dos,
Si l'Europe eût voulu l'en croire,
Eût mis les armes au repos.

Artilleur démissionnaire,
Qui n'a que faire du Canon,
Il devient, comme pamphlétaire,
Connétable de la Raison.

Bréviaire de la Sagesse,
Son livre, respecté du temps,
Pour toujours résume et professe
La politique du bon-sens.

Continuateur de Voltaire,
D'une trempe plus ferme encor,
C'est par erreur, que le vulgaire
Ne le juge pas aussi fort.

Pour les paysans trop classique
Et du public trop ignoré,
L'aréopage académique
N'eût pas eu de plus fin lettré.

## CASIMIR DELAVIGNE

Des critiques bilieux troublent en vain ta gloire,
Poète au cœur honnête, à l'esprit bienveillant;
Tes vers doux et corrects restent dans la mémoire
Comme un bocage vert ombrage un sol brûlant.

Vingt auteurs plus hardis, risquant avec emphase
L'essor ambitieux d'absurdes visions,
Ont brillé par l'éclat et l'abus de la phrase;
Ta sobre pureté fait pâlir leurs rayons.

Plus parente à Boileau, sans doute, qu'à Shakspeare,
Ta muse a moins broyé de rouge que d'azur;
Elle en est plus française, et le goût qui l'inspire
Trempait dans la bonté son pinceau souple et sûr.

## Mme DESBORDES-VALMORE

Le rayon de ta gloire, ô Muse sympathique!
N'est pas des plus ardents que l'on ait vus briller,
Mais il est le plus pur et le plus électrique;
Il ranime à lui seul la chaleur du foyer.

De l'étoile du soir, que le pâtre vénère,
Emane une clarté dont s'adoucit le ciel:
Ton œuvre a la lueur tendre et crépusculaire
De cet astre charmant, poète maternel.

Ton accent est la voix de l'émotion même:
L'art d'écrire ne fut jamais si pénétrant.
L'attrait de ton génie est qu'il souffre et qu'il aime:
On sent voisin des pleurs ton lyrisme touchant.

L'école et la famille à la reconnaissance
Ont voué pour toujours ton livre affectueux,
Où l'on cherchait d'abord des leçons pour l'enfance
Et qui fournit aussi des fleurs aux amoureux.

## MAXIME DU CAMP

SUR UN VOLUME CONTENANT DES POÉSIES RELIÉES
AVEC CELLES DE MURGER

Ce livre est un hermaphrodite:
*Murger*, poète féminin,
S'y complète d'un acolyte,
Le preux *Du Camp*, vrai paladin.

L'un n'a pour idéal suprême
Qu'un sensualisme mesquin:
Asphyxié dans sa Bohême,
Il tombe épris d'une catin!

L'autre, dont la noble pensée
Dans tout cœur fier a des échos,
Chante et combat comme Tyrtée,
Poète doublé d'un héros.

Ensemble ils forment un symbole:
Du siècle c'est l'âme et le corps;
Vers l'avenir l'une s'envole,
L'autre va rejoindre les morts.

## FÉNELON

### TÉLÉMAQUE

Livre candide et pur qu'admirait tant ma mère,
Quoique fort ennuyeux, — mais comme la vertu, —
Quels sont tes torts, et quel éloignement sincère
A nos comtemporains blasés inspires-tu?

Chaste et soporifique autant que l'Innocence,
Le ton de tes discours, qu'un goujat laisse là,
Avec un Paul de Kock n'a pas de ressemblance:
Tu dois dépayser ceux qui lisent Zola!

Il faut selon les goûts varier les lectures:
Fournissez aux portiers des romans gais et plats;
Les grossiers, les manants préfèrent les ordures,
Mais peut-on bien offrir la boue aux délicats?

Ne nous soumettons pas à ce que la sottise
Et la corruption proscrivent l'Idéal;
Empêchons qu'à l'esprit s'impose la bêtise,
Qu'on d'écrie un auteur parcequ'il est moral.

Trop d'animalité perce dans la nature
Depuis qu'on ne croit plus à l'âme en aucun lieu:
La brute est le pivot de la littérature,
Et la fausse science y contribue un peu.

## FLORIAN

Pourquoi vous oublier, aimable capitaine,
Dragon sous les drapeaux, qu'un noble désir prit
D'être littérateur, d'imiter La Fontaine,
Vous, l'épée au côté, poète et bel esprit ?

Vos livres élégants ont charmé tous les âges :
Vous donnâtes le sens, la grâce aux animaux,
Qui, dressés par vos mains, devenus moins sauvages,
Se prêtaient à former les plus riants tableaux.

Ah ! que nous sommes loin des histoires touchantes
Où les cœurs, deux à deux, ainsi que des moutons
Se plaisaient à bêler, Idylles attrayantes,
Roucoulements plus doux que celui des pigeons !

Où frais, enrubané, portant un œil de poudre,
Ne songeant qu'à l'amour sans perdre la candeur,
Sous un ciel orageux, prêt à lancer la foudre,
Tout le monde restait adorable... et pasteur !

On peut bien regretter cette ère bucolique
Quand trop de positif nous gâte le destin ;
Que de fois l'on s'est dit : Assez de politique,
Et rendez-nous plutôt *Estelle et Némorin !*

# FRANKLIN

Chez nous de son esprit la trempe est la plus rare,
Si rare qu'on en sait à peine la valeur.
Pour que d'un tel mérite un pays soit avare,
L'expérience doit l'avoir mis en honneur.

Or, cherchez parmi nous la sagesse pratique,
La haute intelligence et le jugement droit,
L'austère honnêteté privée et politique,
La passion du bien alliée au sang-froid !

Cherchez l'homme d'Etat qui ne veut que l'utile,
Génie universel, simple dans la grandeur,
Repoussant le pouvoir tyrannique ou servile,
Un savant philanthrope, un ministre, un penseur !

Tant de qualités sont par trop disséminées :
Si la monnaie, au moins, formait l'équivalent,
Toutes les nations seraient mieux gouvernées,
Et les bavards seraient exclus du parlement !

## THÉOPHILE GAUTIER

Du style châtié modèle sans égal,
Poète et prosateur toujours irréprochable,
De la perfection sectateur idéal,
Tu fus de nos lettrés le maître incomparable.

Tout jeune, l'on te crut un barde échevelé,
Faisant dresser d'horreur la perruque classique :
Il s'est trouvé depuis que le plus déréglé,
Le prétendu Barbare, était le plus attique.

Par tes descriptions, ô critique excellent !
Les œuvres d'art ont pris une nouvelle vie;
Avec chaque atelier tu luttas de talent :
C'est ta copie, à toi, que souvent il envie !

Ta compétence avait l'universalité ;
Elle embrassa le monde entier sans défaillance,
Et ton goût fin nous lègue avec autorité
Les meilleurs feuilletons sur ce théâtre immense.

Sous ta plume, qui peint comme avec la couleur,
Dans leur diversité les spectacles renaissent ;
La scène, le décor, l'interprète, l'auteur,
Les choses à nos yeux comme aux tiens apparaissent.

Grâce à toi le lecteur voyage en sûreté :
De quel pays n'es-tu l'éloquent *cicerone?*
Ton magique flambeau promène la clarté ;
Le plus juste aperçu, ton jugement le donne.

Sceptique avec douceur, que l'on a dit païen,
Pour les cultes tu n'eus que de l'indifférence :
Ta raison, indulgente aux mortels, montrait bien
Que, pour guide, la Foi ne vaut pas la Science.

Esprit imperturbable en ta lucidité,
La superstition te semblait une bête ;
Le Dieu que tu servais, c'était la Vérité,
Et ta religion ne fut que d'être honnête.

Le préjugé banal, faux autant qu'odieux,
Qui fait du roi du Ciel un vieux Croquemitaine
Ne pénètre aisément que dans les cerveaux creux :
Il n'obscurcirait pas l'âme ferme et sereine !

Du jour où tu tombas après un dur labeur
Quelques ans de regret, — non d'oubli — nous séparent,
Et d'un lustre éclatant, qui tient de la splendeur,
Pour la postérité tes ouvrages se parent.

Nul à ton double rang n'a su te remplacer,
Et quiconque l'essaie à son tour nous assomme.
D'innombrables arrêts, qu'on ne pourra casser,
Protègent ta mémoire et ta gloire, grand homme !

Que de mots désormais resteront sans servir !
La France perd en toi le plus complet lexique,
Et, dès que tu n'es plus là pour nous l'éclaircir,
On risque de ne voir que trouble dans l'optique.

---

## ÉMAUX ET CAMÉES

D'un esprit inspiré le pouvoir étonnant
Est prouvé par l'auteur des *Emaux et Camées :*
La Nature est un siècle à faire un diamant;
Le Poète en produit plusieurs dans ses journées !

A regarder de près, l'homme semble impuissant,
A créer des bijoux d'une essence divine ;
Mais c'est par un contraste également frappant
Que l'huître, au fond des mers, contient la perle fine.

# Mme ÉMILE DE GIRARDIN

(DELPHINE GAY) *

Une élégante de Paris,
Princesse, bourgeoise ou Lorette,
Se reconnaît à sa toilette,
Correcte même dans ses plis.

Quintessences du sel attique,
Le goût, l'esprit parisien,
Émus du souffle poétique,
Mêlent ici leur entretien.

*Delphine* fut la souveraine
De la mode et de la beauté
Ce type altier de blonde reine
Porta son sceptre avec fierté.

Jusque dans la littérature,
Au théâtre et dans le journal.
Sa poésie est du cristal
Et sa prose, de la peinture.

* Cette épigraphe serait autre si j'avais su, quand je l'ai écrite, que Mme de Girardin a dit : « La plus belle invention de l'homme est la vertu de la femme. » A bon entendeur, salut !

## GŒTHE

Que tu m'as fait bâiller, ô Titan germanique !
Penseur dégénérant en immense bavard !
Que de fois j'ai repris ton œuvre hyperbolique,
Agacé, la fermant, la rouvrant au hasard !

Tes aperçus, parfois, émanent d'un génie
Qui n'a pas son pareil, profond, original :
Plus souvent filandreux, ton verbiage ennuie ;
Tu deviens un rhéteur médiocre et banal,

Puis, tout à coup en l'air, d'un élan de tes ailes,
Tu t'élèves si haut dans l'Olympe éclatant,
Qu'il faut à l'Aigle altier emprunter ses prunelles
De peur d'être aveuglé par l'astre rayonnant !

On doit louer en toi cette grandeur sereine
Qui fixe dans l'esprit l'Impartialité :
Si ta tendance fut païenne ou bien chrétienne,
Qu'importe ? Dans quel temple est donc la Vérité ?

Pour le sage, au zénith, plane une loi morale,
Comme au-dessus des Dieux circule de l'Éther,
Et c'est là que l'Art vit, dans la sphère idéale
Qui ne connut jamais ni le sang ni le fer.

Ne t'es-tu pas un peu trop vanté de tes belles ?
On ne peut te compter dans les amants discrets:
En France, c'est plus bas qu'on parle aux demoiselles,
Et le bon goût défend de dire leurs secrets.

Bien que parfois obscur, la clarté te fût chère,
Ce que l'on n'eût pas cru d'un écrivain diffus :
Quand, au dernier soupir, tu dis : « *De la lumière !* »
Ta mort nous en ôta plus que tu n'en reçus.

## HENRI HEINE

Parisien de Germanie
Et seul Allemand sans lourdeur,
De quelle puissance de vie
Fut doué ton esprit railleur !

Déjà moribond, tu composes,
Dans l'angoisse de la douleur,
Des poèmes semés de roses
Où fige le sang de ton cœur !

Ton âme brave l'agonie
Dix ans dans ton corps défaillant,
Exhalant, Cygne de génie,
Pour dernier souffle un dernier chant !

Dans le tombeau prêt à descendre,
Aux regrets tu n'es pas livré :
O Phénix ! renais de ta cendre,
Par la mort deux fois délivré !

## A VICTOR HUGO

Maître illustre, souffrez que la reconnaissance,
Qui de votre œuvre entière admire et suit le but,
Pour vous remercier, — avec toute la France, —
Vous adresse en tremblant un sincère tribut.

On ne peut trop louer la splendeur du Génie
Qui vous a fait immense et vous égale aux Dieux :
Votre *Pitié suprême* a vaincu l'ironie;
Par vous les combattants, calmés, s'estiment mieux.

Dans chaque écrit de vous, que la justice inspire,
La vérité rayonne et le pardon s'apprend.
Le Dante dans Hugo s'augmente de Shakspeare,
Et jamais l'Art ne fut si fleuri ni si grand.

Des esprits élevés vous êtes l'atmosphère;
Grâce à vous d'Idéal ils peuvent s'enivrer.
Quand vous habiterez une plus haute sphère,
Ils seront, ici-bas, gênés pour respirer.

Sans vous plus d'un penseur resterait solitaire,
Et qu'y gagnerait donc votre immortalité ?
Votre nimbe est formé : restez donc sur la terre :
Un pied dans cette vie, un dans l'Eternité !

## Vers écrits quand parurent *Les Contemplations.*

Empire de la force et de la ruse habile,
Ta couronne est sanglante et ta gloire imbécile !
Je hais ton insolence et ton droit frelaté,
Tes soudards galonnés font lever les épaules.
Il faudrait remplacer les sabres par des gaules
Qui pleuvraient sur ton peuple, aux airs d'âne bâté.
Ton sceptre et ton manteau constellé, vain symbole !
Le front de ce génie où brille l'auréole
Du seul pouvoir suprême, éternel et divin,
Eclipse ta splendeur comme fait la lumière
De l'astre qui rayonne et, rouvrant la paupière,
Dissipe en un instant les brumes du matin.

---

## L'HOMME QUI RIT

Dans ce livre à vos yeux l'Angleterre défile
Avec ses préjugés, son dédale de lois,
Son égoïste orgueil, sa politique habile
Et sa *raison d'Etat*, si cruelle parfois,

Son peuple de l'auteur excite en vain la bile ;
Même sans secouer le fardeau de ses rois
Il a des libertés fondé chez lui l'asile,
Et nul n'a jamais mieux su défendre ses droits.

Le saltimbanque *Ursus* a la verve bouffonne
Et de ses *boniments* le sens profond étonne ;
Il s'exprime aussi bien que le génie écrit.

Si votre cœur n'est pas au malheur insensible
Et qu'à la sympathie il demeure accessible,
Attendez-vous aux pleurs avec *l'Homme qui rit !*

## KÉRATRY

### SUR LES INDUCTIONS MORALES ET PHYSIOLOGIQUES

Si vous aimez les conjectures,
Ici l'on en a mis partout;
Mais l'auteur, fécond en augures,
N'est pas aussi riche de goût,
Pour corser sa faible logique,
Mêlant le sophisme aux raisons,
Il prête à la métaphysique
L'échafaudage des soupçons,
Et jusque dans l'Anatomie
Voulant poursuivre l'idéal,
Qui se dérobe à sa myopie,
Il fait souvenir de Pascal,
Le grand escaladeur d'idées,
Remuant Ciel et terre en vain
Pour aboutir — pauvres Pygmées! —
Au lieu commun: *Rien n'est certain.*

## LAMARTINE

Harpe des Séraphins, d'une hauteur biblique
Toi seule as fait vibrer, sur le monde étonné,
Les accents surhumains du Concert angélique
Que donne à *Jéhovah* l'Olympe prosterné!

La Lyre sous tes doigts fut plus chaste et plus pure;
Ton œuvre a la blancheur du marbre de Paros:
Elle a poétisé, sublimé la Nature,
Et ce n'est qu'avec toi que l'Amour est *Eros!*

Un demi-dieu chantait ces belles harmonies
Qui de l'homme déchu relèvent le destin,
Et ton souffle, emporté sur l'aile des génies,
A failli soulever la France à son déclin!

Si ce pays ingrat, qui n'est qu'une cohue
S'agitant dans le doute et l'instabilité,
T'avais compris, prophète, à présent ta statue
Dominerait Paris avec la Liberté (1).

(1) C'est seulement en 1886, longtemps après que ces vers étaient écrits, que Paris s'est décidé à élever une statue à Lamartine; Béranger avait la sienne bien auparavant.

## LAMENNAIS

On t'appelle Apostat, toi, chrétien trop pratique,
Caractère sublime en ton auguste orgueil,
Qui tentas d'épurer la Foi, la Politique
En les conciliant, — sans songer à l'écueil!

Ton âme fut ouverte à toutes les chimères:
Croyant, tu pris à cœur cette religion
Qui prêche au nom de Dieu que nous sommes tous frères
Et fonde sa bonté..... sur la damnation.

Ton inspiration fut celle des apôtres:
Par-dessus la prière élevant l'action,
Tu repoussas le rite avec les patenôtres,
Entendant que le dogme eût une sanction.

Pour toi l'esprit de Dieu passait avant la lettre,
A l'opposé du culte encroûté des Romains
Et de la papauté qui s'empressa de mettre
Ta doctrine à l'*index*, tremblant de tes desseins.

Ta charité sembla révolutionnaire:
L'Evangile avec toi devenait factieux!
L'orthodoxie eut peur, voulut te faire taire
Et réduire à néant tes plans audacieux.

Quel beau rêve pourtant! l'Eglise relevée,
Protectrice du Droit et de l'Egalité!
La conscience enfin radieuse et vengée!
La justice et l'honneur devenant Vérité!

Quel livre que celui du Peuple, ton ouvrage!
Moïse au Sinaï ne fut pas plus divin!
C'est la clarté du Ciel brillant après l'orage:
Tu faisais revenir le monde à son matin!

Pour rallier la Science et la Théologie, —
Deux contraires dont ton esprit unit l'attrait, —
Pour donner Dieu pour père à la Philosophie
Sans les rapetisser, quel athlète il fallait!

O grand homme de bien que déjà l'on oublie!
Utopiste sans doute... Hélas! comme Jésus!
De ton calice amer tu bus jusqu'à la lie;
Mais l'humanité passe et ne te connaît plus!

Lorsque tu descendis dans la fosse commune,
Nouveau Christ imcompris, accablé de douleur,
De tes illusions ne gardant plus aucune,
Les morts dans leurs tombeaux durent frémir d'horreur!

## ALFRED DE MUSSET

C'est Shakspeare en petit, dont la grandeur confuse
Prend par la netteté plus de séduction ;
Le pouvoir dramatique en ses œuvres accuse
Avec moins de hauteur plus de correction.

Le public curieux de scandale s'amuse
A chercher le plaisir et jamais la leçon,
Dans son œuvre épiant les traces de la Muse
Qui trompa son amour sous un nom de garçon.

Ces sources d'intérêt, pour moi, je les récuse,
Et je ne comprends pas la femme *en pantalon*...
Quelle estime porter à qui va sans excuse
Puiser au cabaret son inspiration ?

Il écrivit pourtant maint savoureux proverbe,
Et les cris qu'il poussa de l'âme sont le verbe :
Il chantait dans ses *Nuits* comme un ange déchu.

La charge de poète exclut l'intempérance,
Et je souffre de voir traîner dans l'élégance
Lord Byron son pied-bot, Musset son pied fourchu.

Chez ces mauvais sujets, étant reine et maîtresse,
La folle du logis, complice, avec adresse
Etouffe les soupirs douteux de son fichu !

## GÉRARD DE NERVAL

Serf des réalités, mais roi de la Chimère,
Le poète vit double, amphibie inclassé :
Pourquoi s'étonne-t-on de voir de la lumière
Jaillir des lieux obscurs où, sombre, il a passé?

Ses ailes pour planer ont vingt pieds d'envergure;
Il peut aussi nager en plein dans l'Idéal :
Après avoir fourbu Pégase, sa monture,
Trop *couronné* lui-même, il entre à l'hôpital !

Tel fut en son vivant ce bon *Duc d'Aquitaine* (1)
Qui, mort bohémien, ressuscite immortel.
Si sa Muse parfois courut la pretantaine,
L'Art a sacré ses vers du prestige éternel.

Exquis et souriant, grâce à la Fantaisie
Dont il eut le secret moins naïf que savant ;
Dans ses moindres récits, comme en sa poésie,
Il lâchait la Colombe au vol éblouissant.

O Gérard ! doux rêveur, esprit philosophique,
De nos littérateurs le plus religieux (2),
Qui comprend les élans de ton âme mystique
Peut seul rendre justice à ton nom glorieux !

(1) Allusion au Sonnet intitulé : *El Desdichado,* page 247 des Poésies de Gérard de Nerval.

(2) Lire *Quintus Aucler,* dans le volume des *Illuminés,* pages 238 et suivantes.

## GUSTAVE PLANCHE

Censeur aux ongles noirs, mais dont la main puissante
De l'Art classique et pur tint ferme le drapeau,
On ne consulte plus ta critique savante,
Et des lettres, chez nous, s'abaisse le niveau.

On a laissé tomber la digue bienfaisante
Que tu maintins encore à la source du Beau,
Et des insanités, marée envahissante,
Le fatras nous inonde : il se croit le *nouveau !*

Quand s'approchait déjà l'énorme déchéance,
Toi, dernier des Romains d'avant la décadence,
D'un goût sévère et sûr conservant le renom,

Tu portais fièrement ta pauvreté stoïque,
Content de recevoir un salaire modique
Pour l'œuvre magistrale où se lit ton grand nom !

## EDGAR POË

### HISTOIRES EXTRAORDINAIRES

Lisez ces récits curieux,
Vous que le fantasque affriole :
L'extravagance y cabriole ;
Le réel y est monstrueux.

Quand le monde vertigineux
Que ce livre fait apparaître
Dans les songes vient à renaître,
Chaque cauchemar en vaut deux.

## RIVAROL

Voici l'esprit railleur, net, acéré, logique,
Qui résume le siècle espiègle et raisonneur
Dont le terme fatal était la République
Avant qu'un peuple serf en comprît la grandeur.

Ce politique étroit, alors que du Royaume
L'axe, à jamais changé, gravitait vers son but,
Voyant la Liberté surgir comme un fantôme,
Cramponna son système aux thèses de rebut.

Habile à discuter, ciseleur de la phrase,
Excellant à fixer l'idée avec un mot,
Rivarol, de nos jours, homme d'Etat sans base,
Eût été doctrinaire et balancé Guizot.

# SAINT-PAVIN

## BEL ESPRIT DU XVIIe SIÈCLE

Poétique goutteux, Saint-Pavin, mon confrère,
Au milieu des accès tu chantais, résigné!
Tes vers, où tu trouvais un recours salutaire,
Ont raillé Despréaux et loué Sévigné.

Ce Boileau qui t'a peint comme un terrible athée,
Adressant tous les jours des injures au Ciel,
En toi d'une béquille affublait Prométhée :
C'est lui qui, de vous deux, avait le plus de fiel.

Guère moins que Scarron, infirme et cul-de-jatte,
Ce n'est qu'à l'Hélicon que tu pouvais monter !
L'insecte vole encor, même privé de patte :
N'avais-tu pas, d'ailleurs, Phœbus pour t'assister ?

La foudre est en grondant l'organe de l'orage;
Pour un petit chagrin l'enfant pousse des cris;
Des maux ont engendré la folie et la rage :
En proie à la douleur, toi, Muse, tu souris !

Tu souris, à l'esprit ayant prêté tes ailes,
Qui font briller l'Aurore au plus sombre horizon,
Et, soulevant le poids de ses chaînes mortelles,
Tu l'aides à franchir les murs de sa prison !

En vain, paralysé, le corps devient difforme ;
La force avec la vie échappe à ses désirs :
L'âme, tenant toujours aux beautés de la forme,
Persiste à l'adorer dans ses derniers soupirs.

L'homme est, sans l'Idéal, peu capable et peu digne
D'élever sa nature au-dessus du néant ;
Mais il n'est pas besoin, pour chanter, d'être un Cygne :
La note est plus vibrante au luth de l'impotent.

Prodigieux pouvoir inhérent au génie !
Le malade s'incline au-devant de la Mort,
Et du cœur déchiré s'exale une harmonie
Où l'Art a reconnu plus d'un sublime accord !

## GEORGE SAND

De nos belles émancipées
Je n'admire pas les romans,
Et je hais fort les équipées,
Source impure de leurs talents.
Sous prétexte de Poésie,
Passer la main dans les cheveux
Et souffler la galanterie
Aux poètes, aux amoureux :
Abonder dans le Mysticisme,
Puis, quand le diable se fait vieux,
Rebondir dans le Panthéisme,
Allant de Saint-Jean à Saint-Preux,
Mêlant le goujat à l'apôtre,
Le philosophe au carabin,
Essayant de l'un après l'autre,
Et ne dormant que le matin...
Est-ce de la Littérature
Ou plutôt du tempérament ?
Un esprit vautré de luxure
Fait songer au Bouc... et le sent.

## SHELLEY

Poète dévoré du feu de plusieurs âmes,
Par la Muse et l'Amour en ton être allumé,
Quand, retiré des eaux, tu brûlas dans les flammes,
Ton génie, immortel, n'en fut pas consumé.

C'est en renouvelant l'effort de Prométhée
Que, voulant arracher les faibles au puissant,
Aux peuples tu crias : « *Il vaut mieux être athée*
« *Que de croire à des Dieux qui demandent du sang!* »

Notre siècle aurait pu voir en toi son prophète;
Par nul autre son joug ne fut plus secoué :
Des dogmes du passé tu sonnas la retraite,
Montrant un avenir encore inavoué.

Du monde émancipé n'es-tu pas le messie ?
Tous les libérateurs n'émanent pas du ciel,
Le mystique Jésus emmaillotait la vie :
Toi, tu brises les fers, indomptable Ariel !

Du midi jusqu'au nord tes cendres dispersées
D'un futur incendie attisent les fourneaux ;
L'esprit de Liberté respire tes pensées :
Il dut à ton bûcher emprunter ses flambeaux.

Comme le papillon s'enflamme à la lumière
En exhalant des fleurs l'arome précieux,
De ta combustion, météore éphémère,
Nous gardons les parfums : tes chants harmonieux !

## STERNE

Le ton de ses écrits me plaît et me repose
Du fatras empesé de ces prédicateurs
Pour qui, le dogme étant la principale chose,
Le style n'a besoin d'esprit ni de couleur.

Il n'a de ces pédants la raideur ni la pose.
Et jamais il ne dut lasser ses auditeurs :
Sa verve intarissable et naturelle cause
Avec un abandon qui séduit ses lecteurs.

Il a de son pays l'humeur originale,
Sans l'affectation qu'on dit nationale
Et, plus sentimental que ne sont les Français,

On peut le comparer à ces frais paysages
Moitié prés, moitié bois, variés de bocages
Où tout est imprévu : c'est un jardin anglais.

## M^me AMABLE TASTU

Sa poésie en fleur m'enchantait au collège :
Les lettrés de mon temps s'en souviennent encor,
Des sept cordes du luth elle m'apprit l'arpège,
Elle qui maniait si bien la lyre d'or !

En elle HUGO peut-être a connu son aînée,
Muse mélancolique, aux yeux baignés de pleurs ;
Mais plus tard, après lui, quand elle serait née,
L'aigle ne va pas dire aux colombes : *Mes sœurs !...*

De l'Orient vermeil il reflétait les cimes,
Prodigue de contraste, éclatant de couleur ;
Les stances de Tastu me semblaient plus intimes :
Il étonnait l'esprit, elle charmait le cœur.

Elle affectionnait le ton de l'élégie
Et dans l'expression de la peine excellait,
Rendant plus éloquents les adieux que *Marie,*
La reine de l'Ecosse, à la France adressait.

J'en faisais à Varney composer la musique ;
Ce maître qu'illustra le *Chant des Girondins,*
N'embouchant pas déjà la trompette historique,
Adaptait ses accords à de tendres refrains.

Que de commotions et de coups de tonnerre
De cette idylle au loin ont chassé la douceur !
De tes vers, au moment où tu quittes la terre,
Combien donc sommes-nous à regretter l'auteur ?

A quatre-vingt-dix ans on peut être oubliée :
La plupart des humains sont des indifférents ;
Mais par qui vous admire on n'est pas reniée
Et la reconnaissance a toujours de l'encens.

O Muse ! à tes leçons je suis resté fidèle :
J'ai préféré ta grâce à des rhythmes plus forts.
Je n'ai jamais manqué d'un ami sous ton aile
Et c'est sous cet abri que, la nuit, je m'endors !

## AUGUSTE VACQUERIE

*(Profils et Grimaces.)*

Affublés d'un titre bizarre,
Ces écrits d'un ardent penseur
Ont le cachet de l'esprit rare
Dont la verve se trempe au cœur.

De l'exil, il tire des balles
Sur l'Empire des préjugés,
Et brise en morceaux, sur les dalles,
Des bustes à tort érigés.

Son livre présente deux faces;
Expliquons leurs rapports subtils :
Le public a droit aux *grimaces*,
Mais l'Art réclame les *profils*.

## LOUIS VEUILLOT

Veuillot bave, écume et fulmine
Contre les pécheurs endurcis :
D'un fanatique il a la mine ;
Ses traits de bile sont noircis.

Avec lui pas de réticence :
On est dévot ou renégat.
Il pousse même l'impudence
Jusqu'à morigéner l'Etat.

O Pape ! quelle maladresse !
Dans l'Eglise, ce doux bercail,
Au lieu de l'accent qui caresse
Vous souffrez un épouvantail !

*Cerbère* avait sa raison d'être
Au seuil de l'enfer des païens ;
C'est une faute de le mettre
Devant le temple des chrétiens !

Prêtres, souffrez que l'on vous dise
L'effet que cette erreur produit :
Quand un forcené catéchise,
Loin d'attirer, il éconduit.

## ALFRED DE VIGNY

Ce très noble officier de la garde royale
Qui, par fidélité, quitta le régiment,
Fut d'une haute trempe et d'essence idéale,
Au service un héros, dans le monde un enfant.

C'est un drame orageux, traversé d'une idylle,
Un poëme bizarre et heurté que le sien :
Tyrtée à son début, à l'âge mûr Virgile,
Commandant qu'on couronne académicien.

Séraphin dévoyé sur terre, il prit le change :
Adorant Kitty Bell il courtisa Dorval,
Qui le saisit au vol par ses ailes d'archange
En poussant des soupirs dont il se trouva mal.

On peut se demander ce que la laide actrice
Commune, et qui n'avait rien que la passion,
Sans magie inspira ce qu'on nomme un caprice
A ce comte, à ce preux, plein de distinction.

Mais l'amour des guerriers n'est pas aristocrate,
Naissant le plus souvent fils de l'occasion,
Et la comédienne, étant presque acrobate,
N'en fut que plus habile à la séduction.

Cette relation d'une extrême indulgence
Et dont se divertit le public, si railleur,
N'en exerça pas moins une triste influence
Sur l'esprit de l'amant comme sur son bonheur.

De ce sentimental naïf et trop facile
Ouvrez l'œuvre : elle abonde en sublimes beautés;
La pensée en est forte et profonde; le style
Est des plus éloquents que ce siècle ait vantés.

Sa Muse sympathique est toujours chaste et pure;
On est ému des pleurs qu'il répand à l'écart,
Et de ce grand rêveur la touchante figure
Dans notre ciel troublé reste une étoile à part.

# TABLE DES MATIÈRES

# TABLE DES MATIÈRES

## POÉSIE DE L'ART

## LA MUSIQUE

## COMPOSITEURS



## DIVERSES MANIFESTATIONS DE L'ART

## POÉSIE DES LETTRES

Montmorency. — Imprimerie L. Gaubert.

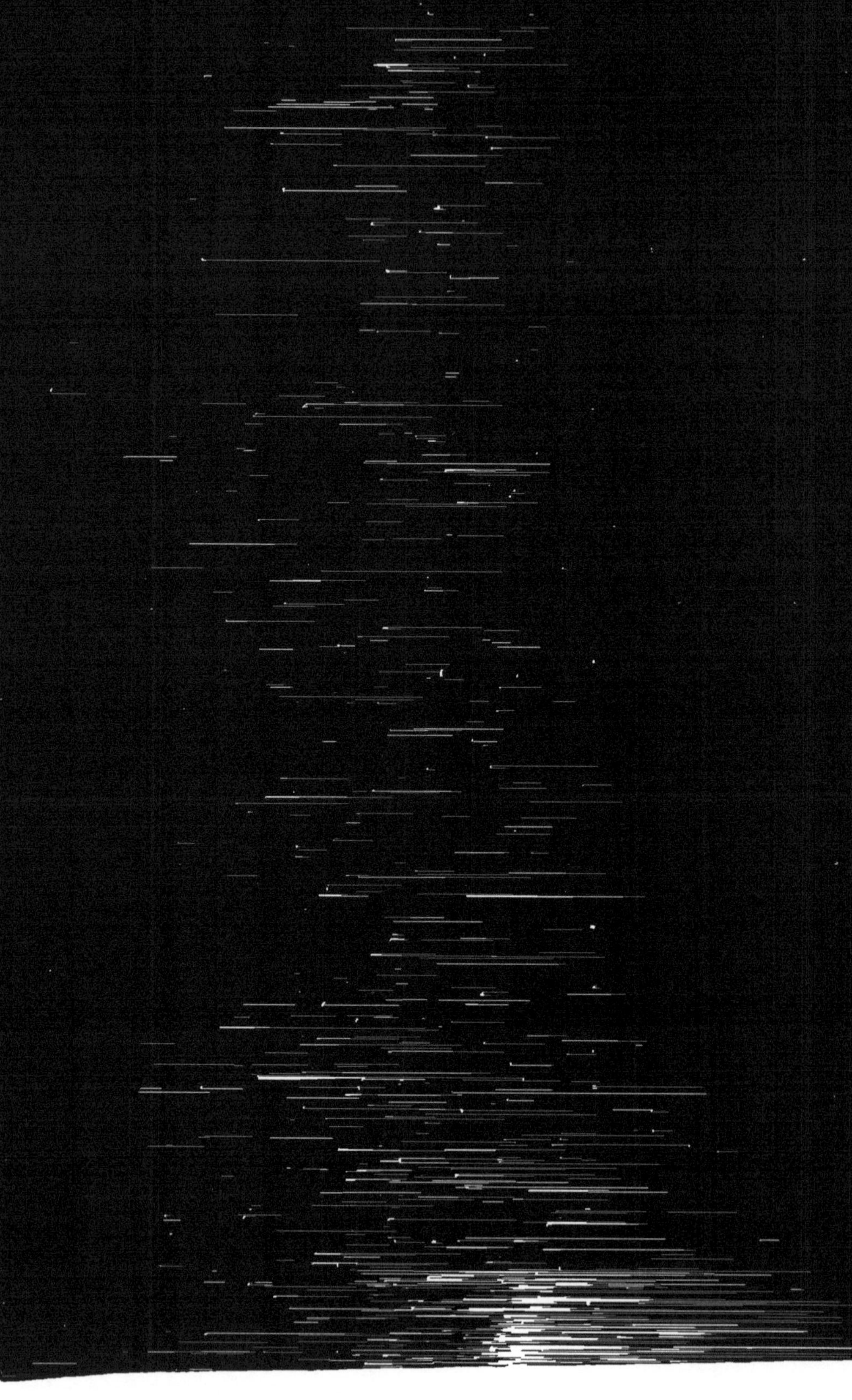

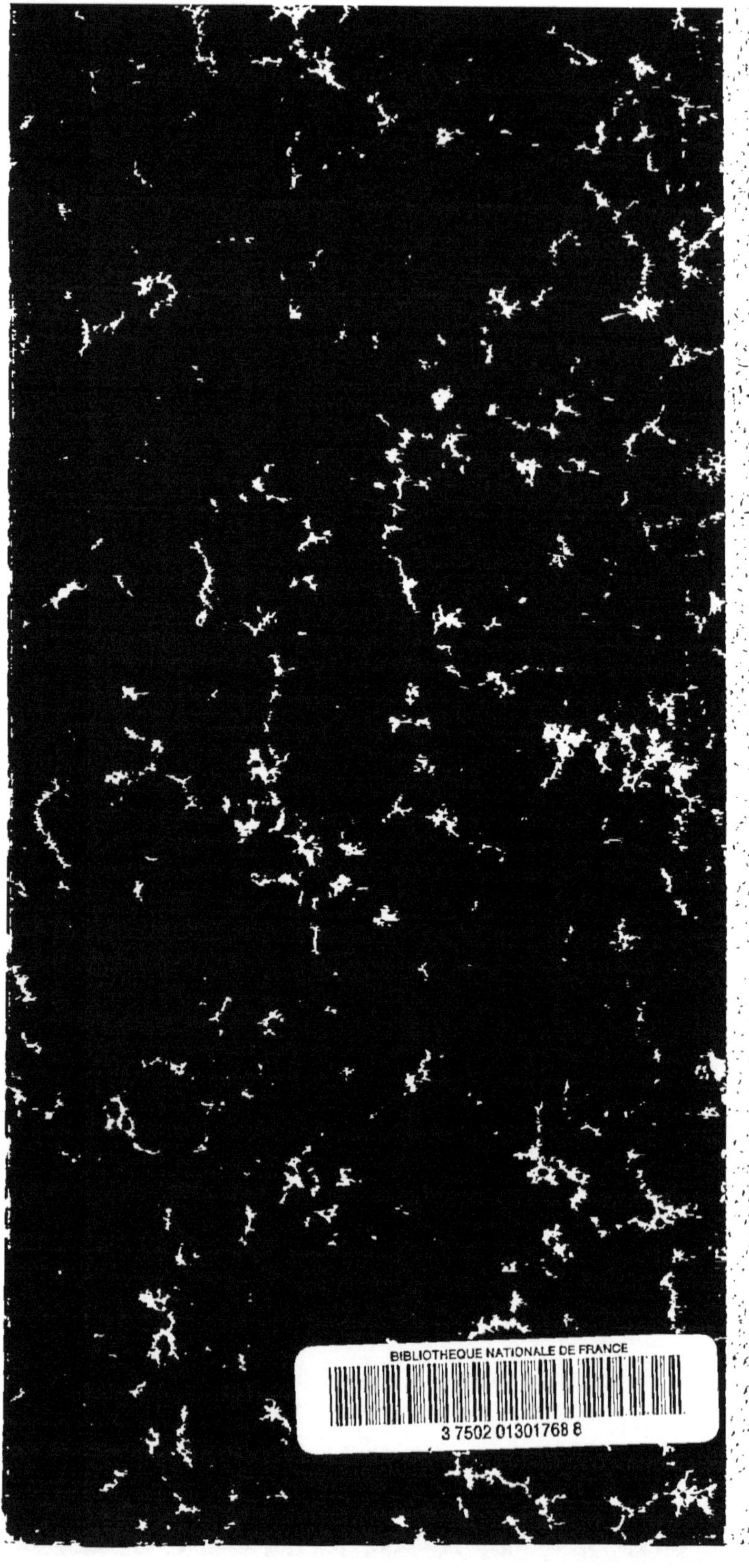

www.ingramcontent.com/pod-product-compliance
Ingram Content Group UK Ltd.
Pitfield, Milton Keynes, MK11 3LW, UK
UKHW020144200726
13856UKWH00003B/833